無頼警部

南 英男
Minami Hideo

目次

第一章　連続新妻殺害事件

1

死体写真が回ってきた。

前夜の現場検証の際《さい》に撮《と》られた鑑識写真だ。二十数葉《よう》あった。

成瀬隆司《なるせりゅうじ》はカラー写真の束《たば》を受け取ると、真っ先に死体状況を目で確かめた。

被害者の押坂佳奈《おしざかかな》は自宅一階の居間で、全裸で横たわっている。仰向《あおむ》けだ。二十六歳の新妻の白い肌は瑞々《みずみず》しかった。

佳奈は喉《のど》を鋭利な刃物で、真一文字《まいちもんじ》に掻《か》き切られている。ぱっくりと裂《さ》けた傷口が痛々しい。

血糊《ちのり》は凝固していた。傷口には、薄っぺらな銀色の十字架が突き立てられている。墓標のつもりなのだろうか。

「惨《むご》いことをしやがる」

成瀬は低く呟《つぶや》いた。

代々木《よよぎ》署の会議室である。九月上旬の平日の午後三時前だ。まだ残暑が厳しい。

午後三時から合同捜査会議が開かれることになっていた。昨夜、代々木署管内で新妻殺害事件が発生し、警視庁は所轄《しょかつ》署の要請で正午前に捜査本部を設置したのである。

三十五歳の成瀬は、本庁捜査一課第三強行犯《きょうこうはん》捜査殺人犯捜査第六係の刑事だ。職階は警部だが、平の刑事である。

成瀬は敏腕刑事だったが、職場では浮いていた。人づき合いが下手で、協調性がない。同僚たちと飲み歩いたことは一度もなかった。昼食を摂《と》るときも、いつも独《ひと》りだった。

刑事は通常、ペアで地取り捜査をする。尾行や張り込《こ》みも同じだ。

だが、成瀬はしばしば相棒を撒《ま》いて、単独捜査をしている。そのことでも、同僚たちの反感を買っていた。

単独捜査をしているが、抜け駆けで手柄を独り占めにしたいと考えているわけではない。単に相棒の存在がうっとうしいだけだ。他人にあれこれ気を遣《つか》わせることも、逆に気を配るのも好きではなかった。職場では変人扱いされているが、当の本人は少しも気にしていない。

「今回の事件《ヤマ》は、おそらく六月と八月に発生した新妻殺しと同じ犯人《ホシ》の仕業《しわざ》でしょうね」

かたわらに坐《すわ》った梶慎一郎《かじしんいちろう》警部補が、成瀬に耳打ちした。梶は成瀬と同じ本庁捜査一課の捜査員である。

先月、満三十歳になったばかりだ。体格がよく、上背《うわぜい》もある。スポーツ刈りで、色が浅黒い。中学校の体育教師と言っても、誰《だれ》も疑わないだろう。

一応、梶は成瀬の相棒だ。二人は他《た》の十一人の捜査員とともに本庁から代々木署に置かれた捜査本部に出張《でば》ってきたのだ。

「成瀬警部、何か言ってくださいよ」

「予断《よだん》は禁物だな。確かに犯行の手口は二つの事案にそっくりだが、結論を急ぐなって。先入観に引きずられて、誤認逮捕したケースもあるからな」

「そうですが……」

「梶、今回の被害者《マルガイ》も性的暴行を受けてるのか?」

成瀬は訊《き》いた。

「ええ。さっき所轄の人間に確認したんですが、押坂佳奈の性器からもA型の精液が検出されたそうです」

「そうか」

「成城《せいじょう》署管内で六月に殺害された深谷《ふかや》さやか、そして八月に目黒区の碑文谷《ひもんや》署管内で殺された児島夏海《こじまなつみ》の体内からも同じ血液型の精液が検出されています。DNA型も一致していました」

「そうだったな。深谷さやかと児島夏海も刃物で喉を掻っ切られた後《あと》、傷口に十字架を突き立てられてた。そうしたことを考えると、三件とも同一犯による犯行臭《くさ》いんだが、断定はできないな」

「ええ。成瀬さん、犯人は外国人の男なんじゃないですかね」

「傷口に十字架を突き立ててるからか？」

「それもそうですが、喉を掻っ切るという殺し方が……」

「西アジアや南米ではそうした殺し方は珍しくないようだが、外国人の犯行と決めつけるのは早計だな」

「十字架については、どう思われます？　自分は、犯人はカトリック教徒かもしれないと考えてるんですがね」

「キリスト教信者なら、神を冒瀆《ぼうとく》するような行為はしないはずだ。犯人が十字架を突き立てたのは、一種の遊びだったんだろう。偽装工作にしては、幼稚《ようち》すぎるからな」

「言われてみれば、確かにそうですね。となると、日本人の性的異常者の犯行なのかな」

「性的異常者なら、乳房を傷つけたり、性器に異物を挿入《そうにゅう》してただろう。ただの暴行魔《ヤマ》の犯行ではなさそうだな」

「怨恨《えんこん》による連続殺人なんでしょうか。三人の被害者は未婚女性が羨《うらや》むような伴侶《はんりょ》を得てます。深谷さやかは二十七歳で、整形外科医夫人でした。児島夏海は二十六歳で、旦那《だんな》は公認会計士です。押坂佳奈の夫は、ゲームソフト開発会社を経営してます」

「三人とも結婚して半年そこそこで殺されてしまったんだな。被害者たちは、いわゆる成功者の若妻だったわけだ」

「被害者たちは揃《そろ》って計算高かったんじゃないのかな。恋愛と結婚は別だと考えてて、将来性のある夫を選んで、以前の交際相手を迷いもなく棄《す》てた。それで、三人のうちの元彼氏が腹いせに自分を裏切った女を殺害した。元恋人だけを殺したら、すぐに疑われることになりますよね？　で、犯人は自分とはなんの接点もない他の二人も殺《や》ってしまった」

　梶が推測を語った。

「話としては面白いが、ちょっとリアリティーがないな」

「そうですかね」

「おれは、成功者たちの若妻たちが誰かに妬《ねた》まれてたんだと思うよ。なんの根拠もないんだが、そんな気がしてるんだ」

　成瀬は言って、鑑識写真の束を隣の捜査員に渡した。所轄署の刑事だった。四十代の半《なか》ばだろう。

「犯人は前科者なんじゃないでしょうか？」

梶が言った。

「なぜ、そう思う？」

「機捜《きそう》の捜査資料によると、犯人《ホシ》は被害者宅の庭や家屋内に足跡は残してますが、頭髪や陰毛は一本も現場に落としてないんですよ。加害者が三人をレイプしたことは明らかです。それなのに、髪の毛や体毛は見つかっていません」

「そうだな」

「加害者は犯行後、電池式のハンディ・クリーナーを使って、自分の毛を一本残らず回収したんですかね」

「そうだとしたら、今回の事件現場にセキセイインコの羽は落ちてないはずだ」

「あ、そうですね。犯人は競泳用のゴム製の帽子を被《かぶ》って、犯行に及んだのかな。その前に、自分の陰毛をきれいに剃り落としてた。そういうことなら、遺留品《いりゅうひん》の中に頭髪や体毛がなくても不思議ではありません」

「まあ、そうだな」

「やっぱり、加害者は過去に何か罪を犯してますよ。犯歴がなかったら、そこまで冷静沈着には行動できないでしょ？」

「侵入口の台所をはじめ、押坂宅から犯人の指紋《しもん》と掌紋《しょうもん》はまったく検出されなかったという話だったな？」

「ええ、そうです。加害者が両手に手袋を嵌《は》めてから、被害者宅に忍《しの》び込んだことは間違いないでしょう」

「おそらく、そうだったんだろう」

成瀬は口を結んだ。

いつの間にか、会議室には本庁の十三人と所轄署の十二人の刑事が顔を揃えていた。

ほどなく捜査会議がはじまった。

黒板を背にして、本庁担当管理官の野上雅史《のがみまさふみ》警視、所轄署の秋山進《あきやますすむ》刑事課長、署長、副署長ら四人が横一列に並んでいる。野上管理官に促《うなが》され、秋山刑事課長が型通りに死体発見状況、現場検証、鑑識結果、解剖所見などを述べた。

成瀬は必要なことを手帳に書き留《と》めた。

押坂佳奈の死亡推定時刻は、前日の午後七時から八時半の間とされた。容疑者の目撃証言はない。

主な手がかりは犯人の靴が二十六センチで、血液型がA型であることだ。さらに死体の近くにセキセイインコの羽が落ちていたことから、加害者は小鳥を飼《か》っている可能性がある。あるいは、ペットショップで働いているのかもしれない。

「手口から察して、本事案《ほんじあん》は六月と八月に発生した新妻殺害事件の加害者の犯行と思われる。過去の二件は捜査中だが、一日も早くうちの捜査本部《チョウバ》が犯人を検挙《アゲ》ることを願っている。本事件では、小鳥の羽が遺留品に新たに加わったわけだから、成城署や碑文谷署の連中に先を越されたら、恥だぞ。なお、十字架の入手経路《リュウ》からも犯人の割り出しを急いでくれ。以上！」

野上管理官が発破《はっぱ》をかけ、目顔《めがお》で秋山課長を促した。秋山がてきぱきと捜査員たちの割り振りをする。

成瀬は、梶と一緒に被害者宅周辺の聞き込みを命じられた。原則として、本庁と所轄署の刑事がコンビを組む。梶は成瀬の監視役だった。異例の組み合わせと言えよう。

捜査会議が終わると、刑事たちは慌《あわ》ただしく散った。

成瀬たち二人は、覆面パトカーの黒いスカイラインに乗り込んだ。運転席に坐ったのは梶警部補だった。成瀬は助手席に腰を沈めた。

梶が車を発進させた。渋谷区上原《うえはら》二丁目に向かう。

「なんだか妙に張り切ってるな」

成瀬は五つ年下の相棒を茶化《ちゃか》した。

「捜査本部事件ですからね。成城署と碑文谷署には捜一《そういち》のベテラン連中が出張ってます。先輩たちより先に犯人を逮捕《パク》ったら、気分がいいじゃないですか」

「まあな。しかし、捜査本部事件は体力的にきついぜ。第一期の一カ月は全捜査員が休みなく働かされる。朝から深夜まで駆けずり回って、所轄署か自宅で泥のように眠る毎日だ。ひどい場合は、署内の道場で仮眠をとるだけの夜もある」

「お互い独身なんだから、それでもいいじゃないですか。凶悪な犯罪者を野放《のばな》しにしておくわけにはいかないでしょ？」

「それはそうなんだが、犯罪者どもに振り回されてるようでな。つくづく因果《いんが》な商売だと思うよ」

「でも、好きで警察官になったんでしょ？」

梶が言った。

成瀬は曖昧《あいまい》に答えた。大学三年まではジャーナリスト志望だった。しかし、その年の初夏、四つ違いの姉が帰宅途中に車に当て逃げされ、翌日に救急病院で息を引き取った。犯人は、いまも捕《つか》まっていない。

姉の死がきっかけで、成瀬は警察官になった。二十代のころは仕事に情熱を傾けることができた。だが、犯罪者をいくら検挙しても、いっこうに事件は減らない。最近は自分の仕事が虚《むな》しく思えるときもある。

ただ、捜査活動をゲームと考えれば、実に愉《たの》しい。猟犬に徹して、獲物《えもの》を追う。そのときは生き生きとしてくる。自分は根っからの刑事なのかもしれない。

「成瀬さんとコンビを組むようになって、丸一年が過ぎたんですね」

梶がステアリングを捌《さば》きながら、唐突《とうとつ》に言った。

「そうだな」

「職場の連中は成瀬さんのことを偏屈《へんくつ》だと言ってますが、自分はそう思ってません」

「おれは人間嫌いなんだよ。特に年上の人間に偉そうなことを言う生意気《なまいき》な男は大嫌いなんだ」

「それ、自分のことですか⁉」

「ああ、そうだ」

成瀬は笑顔で言った。梶が首を竦《すく》める。

いつしか覆面パトカーは、閑静な住宅街に入っていた。目的の押坂宅は駒場《こまば》公園の裏手にあった。

敷地は八十坪前後で、奥まった所に英国調の二階家が建っている。車庫には、ブリリアントシルバーのメンセデス・ベンツが駐《と》めてある。

「どうやら被害者の夫は自宅にいるようですね」

梶が言いながら、覆面パトカーを押坂邸の石塀の際《きわ》に寄せた。

成瀬は先に車を降り、押坂宅のインターフォンを鳴らした。ややあって、スピーカーから男の声が響いてきた。

「どなたでしょう？」

「警察の者です。失礼ですが、押坂敏直さんでしょうか?」

「ええ、そうです」

「亡《な》くなられた佳奈さんのことで少し話をうかがいたいんですがね」

「これから、セレモニーホールに行かなければならないんです。妻の遺体が東京都監察医務院からそちらに搬送《はんそう》されたんですよ」

「お時間は取らせません。どうかご協力願います」

成瀬は梶を手招きして、洒落《しゃれ》た白い門扉《もんぴ》を押した。

二人はアプローチの石畳を大股《おおまた》でたどり、ポーチに上がった。そのとき、ちょうど玄関ドアが押し開けられた。

応対に現われた押坂はハンサムだったが、面《おも》やつれしている。目の周《まわ》りの隈《くま》が目立つ。昨夜は、ろくに眠っていないのだろう。

成瀬たちはFBI型の警察手帳を呈示《ていじ》した。

「できるだけ手短にお願いします」

「わかりました。初動捜査によると、昨夜は奥さんだけが自宅にいらしたとか?」

「ええ、そうです。わたしは赤坂にあるオフィスで仕事をしてました。それで、警察の方が電話で妻の死を教えてくれたんです」

「お気の毒です。経営されてる『夢工房』で最近、何かトラブルはありませんでした?」

「いいえ、そういうことはなかったですね」

「そうですか。亡くなられた奥さんが何かで思い悩んでた様子は？」

「そんなことあるわけないでしょうが！　わたしたちは、新婚カップルだったんですよっ」

「気分を害されたようでしたら、謝《あやま》ります。別に含むものはなかったんですよ。ところで、捜査資料によりますと、死体の第一発見者はハウスクリーニング業者だったそうですね？」

「ええ、そうです。その方は見積書を届けに来てくれたんですよ。玄関のドアが半開きだったんで、小森《こもり》という業者は家の中に入ったらしいんです」

「その業者のフルネームは小森武夫《たけお》で、会社は下北沢《しもきたざわ》にあるんですね？」

梶が口を挟んだ。

「まいったな。初動捜査のときと同じことをまた喋《しゃべ》らなければならないのか。こっちは取り込み中なんですよ」

「申し訳ありません。極力《きょくりょく》、無駄は省《はぶ》くつもりです」

「そうしてほしいな」

「また怒られそうですが、奥さんとは結婚情報サービス会社『プリティー・キューピッド』のお見合いパーティーで知り合ったようですね」

「ええ。佳奈はエグゼクティブコースの女性会員だったんですよ。年三十六万円の会費を払って、年収一千五百万円以上の医師、公認会計士、起業家、商社マン、テレビ局員なんかとお見合いを重ねているうちに、このわたしと出会ったわけです」

「知り合って、どのくらいで結婚されたんでしょう？」

「五カ月ぐらいだったかな。二人の価値観がほぼ同じだったんで、打ち解《と》けるのは早かったんです」

「そうですか。参考までにうかがうんですが、ご両親のお身内の中で結婚に反対された方は？」

「ひとりもいません。わたしと佳奈は周囲のみんなに祝福されて、結婚したんです。もちろん、夫婦仲は円満でした」

「そうですか。奥さんがストーカーめいた男にまとわりつかれてたなんてことは？」

「そういうこともありませんでした。おおかた変質者の行きずりの犯行なんでしょう。近く最新の防犯装置を取り付けてもらうことになってたのに」

　押坂が声を詰まらせ、下を向いた。成瀬は梶を手で制し、押坂に話しかけた。

「今回の事件と酷似《こくじ》した手口で、この六月と八月に成城と碑文谷でそれぞれ新妻が殺害されたことはご存じですよね？」

「ええ、事件報道で知りました。それに生前、佳奈が二人の被害者も『プリティー・

キューピッド』の女性会員だと言ってましたんで、よく記憶してますよ」

「あなたご自身は、被害者の深谷さやかさんや児島夏海さんとは面識がなかったわけですね?」

「もしかしたら、エグゼクティブコースのお見合いパーティーでお二人に会っていたかもしれません。しかし、こちらには記憶がないんですよ。なにしろ男性の出席者は二十人足らずなのに、パーティーに出られる女性会員はいつも百人以上いましたからね」

「それなら、出席した女性会員のすべての名前と顔は憶《おぼ》えられないだろうな」

「そうなんですよ」

「亡くなられた奥さんは、深谷さんや児島さんと交友があったんでしょうか?」

「佳奈はその方たちと顔見知りだったんでしょうが、個人的に親しくつき合ってたとは思えませんね。現にお二人とも、わたしたちの結婚式には出席されてませんから」

押坂が左手首のロレックスに目を落とす。スイス製の高級腕時計だ。

「セレモニーホールに行かれるんでしたね。お取り込み中に申し訳ありませんでした。ありがとうございました」

成瀬は謝意を表し、相棒に目配せした。

二人は押坂宅を辞去すると、付近の聞き込みをつづけた。二十数軒の家を訪ねてみたが、何も収穫は得られなかった。

「不審者を見たって証言がまったくないのも、なんか妙ですね。まさか近所の連中は口裏を合わせて、犯人を庇《かば》ってるんじゃないだろうな。どう思われます？」

「それはないだろう。おそらく犯人《ホシ》は夜が更《ふ》けるまで被害者宅の庭に隠れてて、人通りが完全に絶《た》えてから逃走したんだろうな」

「そうなんですかね」

「梶、深谷さやかと児島夏海の遺族に会ってみよう。運がよければ、何か手がかりを摑《つか》めるかもしれないからな」

「ついでに、佳奈の死体を発見した小森武夫ってハウスクリーニング屋にも会ってみましょうよ」

「そうするか」

二人はスカイラインに足を向けた。

2

終値《おわりね》をチェックする。

東証《とうしょう》と大証《だいしょう》の数字は予想通りだ。狙《ねら》った株は、ことごとく値上がりしていた。たった一日で一株三千円も上がった銘柄もあった。

だが、パソコンの前に坐った男は表情を変えなかった。港区虎ノ門にある投資顧問会社のディーリングルームだ。

男は遣《や》り手のトレーダーだった。法人や個人投資家から集めたファンドマネーを運用し、国内外の株や国債を売買して、巨額の収益を上げていた。

男を含めて社内には、トレーダーは八人しかいない。いずれも身分は社員だが、基本給は月三十万円にも満たない。その代わり、それぞれが年に億単位の歩合給を得ている。

男は八人の中で稼ぎ頭だった。去年の年収は六億円を超えた。トレーダーは、ファンドマネージャーとも呼ばれている。マスコミは凄腕《すごうで》のファンドマネージャーをスーパーサラリーマンなどと持ち上げているが、男は特に優越感を覚えたことはない。

確かに高収入だが、所得税、住民税、消費税などで四割近くも差し引かれてしまう。それでも実収入が三億円以上になるわけだから、経済的には恵まれていることは間違いない。

男は四十一歳だが、まだ独身だった。差し当たって、貯蓄に励む必要はなかった。その気になれば、億ションも即金で買える。

しかし、現在の住まいは広尾《ひろお》の賃貸マンションだ。間取りは２ＬＤＫで、家賃は十八万五千円だった。マイカーも国産車である。

もともと男は物欲があまりない。名門私大の商学部を出て大手証券会社に就職したのは、投機そのものに興味があったからだ。株取引は知的なギャンブルと言ってもいい。男は、そのことにロマンを感じたのである。

大手証券会社から外資系の投資顧問会社に移ったのは、三十二歳のときだった。その会社で五年働き、いまの職場に引き抜かれたのだ。

景気が低迷してから、顧客企業や一般投資家は押し並《な》べて大勝負を嫌い、手堅い利回りを求めるようになった。そのころから、男は少しずつ仕事に情熱を失いはじめた。といって、客たちから預かっているファンドマネーを減らすわけにはいかない。男はせっせと基金を膨《ふく》らませ、自分も巨額の手数料を得てきた。

しかし、一か八かの大勝負を打てない不満はずっと抱えたままだ。身が震えるような興奮を味わえないなら、もはや勝負師とは言えないのではないか。

ファンドマネーの利回りをよくすることは、それほど難しくない。国内外の政治と経済の動向を小まめに観察していれば、化《ば》けそうな銘柄や外国国債はわかる。堅実な株取引をしているだけでは退屈だ。

いつからか、男は強烈な刺激を求めるようになっていた。だが、それを職場で得ることは難しそうだった。

「ちょっとコーヒーを飲んでくるよ」

男は隣の同僚に言って、自分のパソコンから離れた。ディーリングルームを出て、エレベーターホールに向かう。七階だった。

エレベーターを待っていると、広報部の若い社員が走り寄ってきた。

「いま、ディーリングルームに行こうと思ってたんですよ」

「何かおれに用かい？」

「さきほど『週刊トピックス』の編集部から電話があって、再来週《さらいしゅう》号で年収三億円以上稼いでいるスーパーサラリーマンを大きく取り上げたいらしいんですよ」

「スーパーサラリーマンのひとりとして、このおれのことも紹介したいってわけか」

「ええ、そうらしいんですよ。折り返し電話をすることになったんですが、どうします？　社長は会社のＰＲになるから、あなたが取材に応じることを望んでいるようでしたが……」

「悪いが、断ってくれないか。マスコミに登場しても、おれ個人にはなんのメリットもないからな。むしろ、デメリットばかりだろう。いろんな団体から寄附してくれと言われたり、怪しげな儲《もう》け話を持ちかけられたりさ」

「メリットもあると思いますよ。出版社から本の執筆依頼はあるだろうし、きっと講演の依頼だってあるでしょう。この際、名前を売る手もあるんじゃないですか？」

「自己顕示欲《けんじよく》はないんだ。うまく断ってくれないか。一度、男性週刊誌に書かれたからな。それで懲《こ》りてしまったんだ」

男は苦く笑って、函《ケージ》に乗り込んだ。

会社から二百メートルほど離れた場所に、インターネットカフェがある。店の前は数え切れないほど通っていたが、一度も入ったことはない。

男は歩きながら、ファッショングラスをかけた。薄茶のカラーレンズに度は入っていない。前髪で額を隠し、インターネットカフェに足を踏み入れる。

二十台ほどパソコンが並んでいたが、客の姿は疎《まば》らだった。男はアイスコーヒーを注文し、奥のパソコンに向かった。近くに人の姿はない。

男はパソコンを起動させ、キーボードに両手を伸ばした。

マスコミの方々へ
この六月と八月、そして昨夜も新妻が殺害されたね。深谷さやか、児島夏海、押坂佳奈の三人を始末したのは、このわたしだ。
わたしは幼いころから、女性に不信感を懐《いだ》いてきた。ある出来事が、わたしの心を歪《ゆが》ませてしまったのかもしれない。しかし、そのことに詳《くわ》しく触《ふ》れるのはよそう。
若死にした三人の女には別段、恨《うら》みがあったわけではない。単に運が悪かっただけだ。今後も、わたしは新妻たちを葬《ほうむ》っていく。女が憎いということもあるが、わたしは人殺しの快感にめざめてしまったのだ。

深谷さやかを犯し、白い喉を掻き切ったとき、わたしは征服の勝利感に酔いしれた。児島夏海が絶命した瞬間、思わず勃起《ぼっき》してしまった。昨夜、押坂佳奈を片づけたときは笑みさえ浮かんだ。

殺人がもたらすエクスタシーは最高だよ。当分、殺人癖は直りそうもない。そう遠くないうちに、第四の犯行に走ることになりそうだ。そのときは、派手に報道してくれ。

〝平成の切り裂き魔〟より

男は犯行声明文を読み返すと、毎朝新聞東京本社と日東テレビ報道部に手早く送信した。フリーメールをすぐに削除し、ネットオークションを覗《のぞ》く。

運ばれてきたアイスコーヒーは飲まなかった。十分ほど時間を遣り過ごしてから、さりげなく店を出る。誰かに怪しまれた様子はうかがえない。それでも、男はわざと遠回りして職場に引き返しはじめた。

新聞社やテレビ局の社員は、いまごろ大騒ぎしていることだろう。単なるいたずらメールだと判断するのか。それとも、真《ま》に受けるのだろうか。

二社の反応をあれこれ想像しただけで、動悸《どうき》が速《はや》くなってくる。主要マスコミにすべてメールを送信すべきだったか。そうしていたら、もっと興奮したにちがいない。

男は鼻歌を歌いながら、歩《ほ》を運びつづけた。


深谷整形外科医院は邸宅街の一角にあった。

世田谷区成城五丁目だ。成瀬隆司は先に覆面パトカーを降り、相棒の梶を待った。

医院の奥が自宅になっているようだ。

成瀬たちは医院に足を踏み入れた。中年の女性看護師が姿を見せた。

「患者さんでしたら、ほかの病院に行っていただけます？　うちの先生、アルコール依存症みたいで、まともに診察もできなくなってるんですよ」

「警視庁の者です。六月に亡くなられた院長夫人のことで、深谷先生にお目にかかりたいんですよ」

成瀬は来意を告げた。

「刑事さんでしたの。成城署の捜査本部の方ね？」

「いいえ、違います。われわれは代々木署に出張ってるんですよ。きのう、ゲームソフト開発会社の社長の奥さんが殺害されましたでしょ？」

「え、そうね」

「このお宅で起こった事件と似てるんで、ちょっとお話を聞かせてもらいたくて……」

「いま、先生を呼んできます。どうぞ待合室のソファにお掛けになってて」

看護師が一礼して、奥に引っ込んだ。成瀬たちは靴を脱ぎ、長椅子《ながいす》に並んで坐った。

四、五分待つと、奥から白衣を羽織《はお》った三十代半ばの男が現われた。酒気《しゅき》を帯びている。足許《あしもと》が覚束《おぼつか》ない。

成瀬は長椅子から立ち上がって、身分を明かした。

「深谷聡《さとし》です。事件のことだったら、成城署の刑事さんに話してありますよ。思い出すのも辛《つら》いんでね」

「だいぶ飲んでらっしゃるようだな」

「素面《しらふ》じゃいられませんよ。奥の自宅で妻が殺されたんで、患者が極端に少なくなってしまった。廃業に追い込まれるのは時間の問題でしょう。この医院はわたしの父が開業したんですが、もうおしまいですよ。そのうち、わたしはどこかの勤務医になるつもりです」

「そうですか」

「一寸先は闇《やみ》だって言うけど、ほんとにそうですね。まさか三十代で妻に先立たれて、父親から引き継《つ》いだクリニックを潰《つぶ》すことになるとは……」

「こんなときに無神経な質問ですが、亡くなられた奥さんが変質者めいた男につけ狙われてたなんてことは？」

「そういうことはなかったと思います。それから、独身時代の男性関係が乱れてたということもなかったはずです」

「それでは、犯人に心当たりはないわけですね？」

「まったくありません」

「奥さんが事件前に何かに怯《おび》えてた様子は？」

「そういうこともありませんでした」

「事件当夜、あなたは外出されてたんですか？」

「ええ、医大の同窓会に出席してたんですよ。わたしの両親は一年前に沖縄の宮古島《みやこじま》に移住しましたんで、奥の居住スペースにいたのは妻だけだったんです」

「そうだったんですか。成城署に設けられた捜査本部から、ちょくちょく捜査状況は伝えられてるんでしょ？」

「いいえ、何も言ってきません。おそらく捜査線上に容疑者も浮かんでないんでしょう。もちろん一日も早く犯人を捕まえてほしいと願ってますが、もう妻は還《かえ》ってこないんです」

深谷が呻《うめ》くように言って、頭髪を掻き毟《むし》った。

これ以上粘《ねば》っても、無駄だろう。成瀬はそう判断して、引き揚げることにした。

二人は覆面パトカーに戻り、目黒区の碑文谷に向かった。

児島公認会計士事務所は、自宅を兼ねた三階建ての鉄筋コンクリート造りの建物の一階部分にあった。成瀬たちは児島祐輔《ゆうすけ》との面会を求めた。

応対に現われた女性事務員は快《こころよ》く取り次《つ》いでくれた。殺された夏海の夫は、気さくな人物だった。

成瀬たちはソファセットに導《みちび》かれた。並んで腰かけると、児島が成瀬の前に坐った。

「われわれは代々木署に設置された捜査本部の者なんですが、奥さんの事件と昨夜《ゆうべ》の事件の手口がそっくりなんで、お邪魔したわけなんです」

「そうですか。わたしも昨夜の事件をテレビのニュースで知って、とても驚きました。おそらく夏海を殺した犯人が、きのうの事件を引き起こしたんでしょう。もしかしたら、六月の新妻殺しも同一人物の仕業臭いな」

「わたしは、そう睨《にら》んでるんです。ところで、児島さんも『プリティー・キューピッド』が主催したお見合いパーティーで、夏海さんと親しくなられたんでしたね？」

「ええ、そうです。どちらもクラシック音楽が好きだったんで、波長が合ったんですよ。それで二人だけで会うようになって、半年後に結婚したわけです」

「そうですか」

「犯人が見つかったら、殺してやりたい気持ちです。碑文谷署の方にも申し上げたんですが、夏海は身籠《ごも》ってたんです。妊娠三カ月目に入ってました。わたしたち夫婦は、子供の名前まで考えはじめてたんですよ。それなのに、こんなことになってしまって……」

児島が下唇を嚙《か》みしめた。

「お辛いでしょうね」

「警察はまだ犯人を割り出してないようですが、そんなに厄介《やっかい》な事件なんですか。犯人の頭髪や体毛が一本もなく、指紋の類《たぐい》も検出されなかったそうですが、サイズ二十六センチの靴痕《くつあと》はくっきりと残ってたわけでしょ？」

「ええ」

「靴底の模様が大きな手がかりになりそうですがね」

「メーカーの割り出しはすぐ行われたんです。しかし、同型の製品が三万足も販売されてるんで、なかなか容疑者を絞り込めないんですよ。加害者の血液型とＤＮＡ型はわかってるんですが、三人の被害者の知り合いに該当者はいなかったんです」

「そうですか」

「で、何か手がかりを得たくて、お訪ねしたわけです」

「そうおっしゃられても、お役に立てそうもないな。夏海は殺されるまで、いつも通りでしたし、何かで思い詰めてるといった様子もありませんでしたからね」

「六月に殺された深谷さやかさんも『プリティー・キューピッド』の会員だったようですが、亡くなられた奥さんとはつき合いがあったんでしょうか？」

「個人的なつき合いはなかったようですが、深谷さやかさんとは顔見知りだったみたいですよ。彼女が殺されたという事件報道は、だいぶショックだったようですから」

「そのとき、奥さんは何かおっしゃいませんでした？」

梶が会話に割り込んだ。児島が梶に顔を向けた。

「何かって？」

「たとえば、犯人に心当たりがあるとか」

「そういうことは言ってませんでした。ただ、夏海は深谷さんがエグゼクティブコースの男性会員とはたいがい一度はデートしてるんじゃないかと洩《も》らしてましたね」

「そうですか」

「ひょっとしたら、男性会員の中に犯人がいるのかもしれないな」

「三人の被害者が『プリティー・キューピッド』の会員だったことは、ただの偶然とは思えないってわけですね？」

「ええ」

「だとしたら、殺された三人の若妻に振られた男性会員がいたんでしょうか」

「そのあたりのことは、『プリティー・キューピッド』で調べたほうが早いでしょ？」

「そうですね。そっちも当ってみるつもりです」

成瀬は、梶が口を開く前に早口で言った。

ほどなく二人は外に出た。すると、見覚えのある四十男が近づいてきた。捜査一課の板垣優作《いたがきゆうさく》警部だった。殺人犯捜査第八係の係長である。

「おまえら、どういうつもりなんだっ」

「え？」

成瀬は問い返した。

「こっちの持ち場に土足で踏み込むんじゃねえよ。おまえと梶は、代々木署に出張ってるんだろうが。児島夏海殺しの事件《ヤマ》は、おれたちの班が担当してるんだ」

「別に板垣さんの持ち場を荒らすつもりじゃなかったんですよ。昨晩の事件が例の連続新妻殺害事件と手口が似てるんで、何か手がかりを得られるかもしれないと思ったわけです」

「というと、最初の犠牲者の深谷さやかの旦那にも会ったんだな？」

「ええ、まあ」

「仕事熱心も結構だが、少しは同僚の立場を考えろや。成城署や碑文谷署に出張ってる連中の立場がねえだろうがよっ。はっきり言うと、越権《えっけん》行為だな」

「三つの事件《ヤマ》の加害者は同一人かもしれないんです。第一と第二の事件から何か手がかりを得られるかもしれないでしょ？」

「それはそうだが、目障《めざわ》りなんだよ。てめえの持ち場を這《は》いずり回って、犯人を追いつめる。それが、おれたちの暗黙のルールだろうが！　成瀬は二十九歳で警部《オブケ》になったんだから、ご立派だよ。おれなんか、三十六でやっと警部になったんだからさ。けどな、刑事としてはおれのほうが先輩なんだ。後輩だったら、少しは気を遣えや」

「………」

「おまえ、そんなに点数稼ぎたいのかっ。そんなふうだから、みんなに敬遠されるんだよ。長く捜一にいたいんだったら、もうちょっと協調性を発揮しろ！」

「成瀬さんは点取り虫なんかじゃありません」

梶が憤然《ふんぜん》と言った。

「ほう。おまえ、成瀬を庇う気か。そういえば、梶も少し変わり者だよな。似た者同士は、気が合うってか」

「縄張りに拘《こだわ》るのはやめましょうよ。おれたちは捜査本部《チョウバ》が違ってても、協力し合うべきですよ。そして、一日も早く事件を解決することが大事なんじゃないですか？」

「おまえ、自分の職階を忘れちまったのか。警部補が偉そうなことを言うんじゃねえ」

板垣が怒鳴《どな》って、踵《きびす》を返した。四、五十メートル先に、灰色の覆面パトカーが見える。プリウスだ。

運転席に坐っているのは、三十二、三歳の所轄署刑事だった。

「無駄骨を折ることになるかもしれないが、第一発見者の小森武夫に会ってみよう」

成瀬は梶に言って、先に歩きだした。すぐに梶が肩を並べた。

3

見積書にざっと目を通した。

葬儀費用五百万円のコースだった。参宮橋《さんぐうばし》にある代々木セレモニーホールの一室だ。

押坂敏直は、葬儀会社のベテラン社員と向かい合っていた。

「喪主《もしゅ》の押坂さんは成功者であられるわけですから、八百万円コースか一千万円コースのほうがよろしいかと思います」

「卑《いや》しいな」

「はあ？」

「他人の不幸で、金儲けをする魂胆《こんたん》なんだろうが！」

「ビジネスのことだけを考えて、別のコースをお勧《すす》めしたわけではありません。喪主の方の社会的なお立場を考慮しましてね」

「五百万円コースで充分だ。できれば、密葬《みっそう》にしたいぐらいだよ。弔《とむら》いは本来、形式じゃなく、気持ちだからね」

「それは、その通りなんですが……」

「予定通りに五百万円コースで頼む」

「わかりました」

五十年配の男がパンフレットを拡《ひろ》げながら、通夜《つや》から出棺までの手順を説明しはじめた。

押坂はいちいち大きくうなずいてみせたが、どこか上の空で聞いていた。経営しているゲームソフト開発会社は四年続きの赤字で、二十億円以上の負債を抱えていた。最近は社員の給料も遅配《ちはいぎみ》気味だ。

メインバンクは早くも見限ったらしく、再融資の申し込みにも応じてくれない。地方銀行や信用金庫は担保資産が少ないことを理由に運転資金の融資を渋っている始末だ。

高利の商工ローンに縋《すが》ったら、そう遠くない日に倒産の憂《う》き目を見ることになるだろう。リストラで社員を半分に減らして、なんとか踏んばりたい。

不幸な形で若死にした佳奈の葬儀を盛大に営《いとな》みたい気持ちはあった。しかし、いまはできるだけ出費を抑《おさ》えたかった。

「何かご不明な点は？」

「特にないね。よろしくお願いします」

「お任せください」

「祭壇の飾り付けは？」

「もう終わりました。ご遺体も柩《ひつぎ》に納めさせていただきました」

「それじゃ、亡くなった妻と対面しよう」

「ご案内します」

ベテラン社員が言って、すぐさま立ち上がった。

押坂は、通夜と告別式が執《と》り行われるホールに導かれた。妻の柩は、祭壇の前に安置されていた。

葬儀社の社員が一礼し、静かに歩み去った。

押坂は祭壇の前まで進み、柩の覗き窓を開けた。佳奈の死顔《しにがお》は美しかった。惨《むご》い殺され方をしたというのに、苦悶《くもん》の色は少しも滲《にじ》んでいない。

表情は穏《おだ》やかそのものだ。死化粧が整った造作を際立《きわだ》たせている。口紅を塗られた肉感的な唇は艶《つや》やかだった。吸いつきたくなるほど色っぽい。

もう佳奈を抱けない。

押坂は哀惜《あいせき》の念を覚えた。悲しみも込み上げてきた。

亡妻は料理下手で、浪費癖があった。ちょっと強く叱《しか》ると、小娘のように拗《す》ねた。かと思うと、子供のように甘えてくる。

年齢差が大きかったからか、押坂は父性愛をくすぐられた。佳奈とは生涯、添《そ》い遂《と》げる気でいた。それだけに、喪失感《そうしつかん》は大きかった。

しかし、どんなに悲しんでも、死者が蘇《よみがえ》ることはない。会社の建て直しに熱中していれば、いつか悲しみは薄れるだろう。

押坂は合掌して、覗き窓の小さな扉《とびら》を閉《と》ざした。ホールを出て、エレベーター乗り場の脇《わき》にある喫煙所のベンチに腰かける。

押坂はケントマイルドをくわえた。ゆったりと紫煙《しえん》をくゆらせていると、見覚えのある女が近づいてきた。和久井由紀《わくいゆき》だった。

かつての恋人だ。由紀はフリーのスタイリストで、三十一歳だった。

「新妻が殺されたんで、さすがにショックを受けたようね」

「いまごろ、何しに来たんだ？　きみとは、一年以上も前に別れたはずじゃないか」

押坂は顔をしかめ、喫《す》いさしの煙草をスタンド型の灰皿に投げ捨てた。

そのとき、由紀が押坂の横に腰かけた。香水の匂《にお》いが寄せてくる。昔から愛用しているゲランだった。

「あなたは終わらせたつもりだろうけど、わたしは別れたとは思ってないわ。わたしはあなたと五年も親密な関係にあったんだから、そう簡単に忘れられないわよ。それに、あなたの子を二回も中絶してる。つまり、わたしたちは腐れ縁なわけ」

「いまさら、何を言ってるんだっ」

「妊娠するたびに結婚しようと言ってくれたけど、あの言葉はその場限りの言い逃《のが》れだったのね！」

「結婚する気はあったんだ」

「それだから、調査会社を使って、わたしの家族のことを調べさせたのよね。それで、不動産ブローカーをやってた父が十六年前に詐欺《さぎ》罪と恐喝罪で実刑を喰《く》らった事実を知った。それから二つ下の弟の陽介《ようすけ》も、広域暴力団の二次団体の構成員だということもね」

「…………」

「確かに父も弟も、自慢できるような家族じゃないわ。でもね、結婚って、家同士が一緒になるわけじゃないでしょ？」

「何が言いたいんだ？　きみの家族に問題があることを知って、逃げ腰になったおれを非難してるのかっ」

押坂は、つい声を荒《あら》らげてしまった。

「男として、卑怯《ひきょう》だったとは思わない？」

「………」

「なんとか言いなさいよ。父はともかく、弟はあなたのことを汚い奴《やつ》だと思ってる。わたしも、そう感じてるわ。陽介はね、あなたが佳奈さんと結婚すると知って、ものすごく怒ったの。弟分たちに佳奈さんを輪姦させてね、あなたを刺し殺す気だったのよ」

「えっ⁉」

「わたしが強く止めたんで、早まった真似《まね》はしなかったけどね」

由紀がそう言い、脚《あし》を組んだ。白っぽいバッグからヴァージニア・スリムライトを取り出し、細巻き煙草をくわえる。

「用件を言ってくれ。少しまとまった金が欲しくなったのか？」

「見損《そこ》なわないでちょうだい。好きな男を強請《ゆす》る気なんかないわ」

「いったい何を考えてるんだっ」

「佳奈さんが死んだんで、あなたはまた独身になったわけよね？　確か男の場合は、法的には妻を亡くした翌日でも再婚はできるはずよ」

「妻にしろって言うのか⁉」

「ええ、そう。わたし、あなたのいい奥さんになれると思うわ」

「無理だ」

「もうわたしには愛情がないから？」

「はっきり言って、そうだな」

「あなたはそれでいいだろうけど、わたしは五年も心と体を弄《もてあそ》ばれたのよ。はい、そうですか、とはいかないわ。だいたい手切れ金も貰《もら》ってないしね」

「やっぱり、目的は金なんだな」

「そうじゃないって。わたしは、あなたの奥さんになりたいの。正直言って、佳奈さんの後釜《あとがま》は面白くないけどね。だって、順序が逆でしょ？」

「………」

「また、黙っちゃった。あなたは昔から都合《つごう》が悪くなると、いつもそうやって口を噤《つぐ》んじゃう。狡《ずる》いわ。でもね、わたしはあなたにまだ惚《ほ》れてるのよ。だから、どうしても奥さんになりたいの。ね、わたしと再婚して！」

「それはできない」

「若い奥さんを貰いながら、こっそり愛人を囲ってたの？」

「そんな女はいないよ」

「だったら、別に問題はないでしょうが？　前科者の父や組員の弟とはつき合いたくないというなら、わたしはそれでもかまわないわ。だから、結婚してちょうだいよ」

「断る」

「屈辱的《くつじょくてき》な思いをさせられたわたしがここまで頼んでるのよ。あなたが素《そ》っ気《け》なく拒《こば》んだことを知ったら、きっと陽介はキレるわね。弟は中学生のころから、頭に血が昇《のぼ》ると、見境がなくなっちゃうの。あなたを殺すかもしれないわよ」

「ま、まさか⁉」

「ううん、威《おど》しなんかじゃないわ。弟はそういう子なのよ。あっ、もしかしたら……」

「何だよ、急にでかい声を出して」

「ひょっとしたら、陽介が佳奈さんをレイプして殺したのかもしれないわ。弟は非行少年《キーヤン》のころから、ナイフマンなんて呼ばれてたの。ナイフ使いとして、仲間うちではかなり知られてたみたいよ。女の喉を掻き切ることぐらいは、たやすいんじゃないかしら？」

「警察は、連続新妻殺害事件の犯人が佳奈を惨殺したという見方をしてるようなんだ。きみの弟は、二人の被害者とは接点がないんだろ？」

押坂は言った。

「接点がないとは言い切れないわね。陽介は喧嘩《けんか》っ早いけど、女好きでもあるから。あの子、若い人妻に弱いのよ。死んだ二人の新妻に前々から目をつけてて、レイプ殺人をしたのかもしれないわ。そして、最後に佳奈さんを始末したんじゃないのかしら？

わたしのためにね」

　由紀が短くなった煙草を灰皿の中に落とした。すぐに火の消える音がした。

「そんなことはあり得ないだろうが」

「そう思ってればいいわ。それはともかく、あなたがわたしと再婚しなかったら、弟は何かしでかしそうね」

「何かって？」

「多分、陽介はあなたを殺すでしょうね。弟は二十九歳だけど、早くも人生を棄てちゃってるから、法律なんか気にも留《と》めてない。女を犯すことなんてなんとも思ってないだろうし、人殺しだってやれるはずよ」

「おれはどうすればいいんだ⁉」

「長生きしたかったら、わたしと再婚するのね」

「それは、できない相談だ」

「よく考えたほうがいいと思うわ」

「一千万ぐらいだったら、なんとかなると思うよ」

　押坂は言った。

「え？」

「手切れ金だよ。結果的には由紀の心と体を傷つけてしまったわけだから、それぐらいの詫《わ》び料は払わないとな」

「お金なんか欲しくないわ。わたしはね、あなたの奥さんになりたいだけ！」

「そう言われてもな」

「弟を人殺しにさせないで。陽介があなたを殺したりしたら、わたしは弟と刺し違えて死ぬわ。だって、この世で一番大切な男性《ひと》はあなたなんだから」

由紀は焦点《しょうてん》の定まらない目で呟くと、弾《はじ》かれたように椅子から立ち上がった。喫煙所からエレベーターホールに向かい、じきに函《ケージ》の中に消えた。

彼女は精神がおかしくなってしまったのか。弟の陽介が佳奈を犯して殺したとは思えないが、由紀の単なる妄想《もうそう》とも言い切れない部分もある。

押坂は名状《めいじょう》しがたい怯えに包まれた。


みすぼらしい事務所だった。

ガレージを改造したのだろう。下北沢のハウスクリーニング屋だ。

「失礼します」

梶が声をかけながら、プレハブ造りの事務所のドアを開けた。

スチールデスクに向かって、五十二、三歳の男が書類に目を通していた。細身で、顔立ちも貧相だ。

「小森武夫さんですね？」

成瀬隆司は男に話しかけた。

「そうですが、おたくたちは？」

「警視庁捜査一課の者ですが、いまは代々木署の捜査本部に詰めてるんですよ。わたしは成瀬といいます。連れは梶という者です」

「殺された押坂佳奈さんのことで、お見えになられたんですね？」

「ええ、そうです」

「どうぞお坐りください」

小森が古ぼけたソファセットを手で示し、事務机から離れた。

成瀬たちは並んで腰かけた。小森が梶の前のソファに坐る。

「すでに事情聴取されてるのにご迷惑でしょうが、ご協力願います」

成瀬は言った。

「かまいませんよ。ハウスクリーニングの仕事は春先から、ずっと暇ですから。わたし、二年前まで家電販売会社に勤めてたんですよ。しかし、早期退職して、いまの事業をやりはじめたんです。でも、経営は厳しいですね。開業当初は五人ほどの正規スタッフと三、四人の主婦パートタイマーを雇ってたんですが、いまは家内と二人で細々とやってるんです」

「そうですか」

「おっと、余計なお喋りをしてしまいました。死体を発見したときのことをお話しすればいいんですね？」

「ええ。あなたは押坂宅に見積書を届けに行かれたとか？」

「そうなんですよ。半月ほど前に押坂さんの家のあたりに広告チラシを配ってたんですが、殺された押坂さんの奥さんから見積りをしてほしいという電話をいただいたんです。で、翌日にお宅に伺《うかが》ったわけですよ。それで、三日後に見積書を届けに行ったんです。そうしたら……」

小森が言い淀《よど》んだ。

「玄関に入られたとき、何か気づかれました？」

「三和土《たたき》のタイルの上に血痕《けっこん》が点々と散ってました」

「血の付着した靴底は？」

「ええ、うっすらと残ってましたね」

「凶器の類《たぐい》は玄関周辺にはなかったんでしょ？」

「ええ」

「犯人のものと思われる残り香は？」

「玄関に入ったとき、かすかですが、いい香りがしました」

「それは男の整髪料の香りだったのかな」

「いいえ、わたしの娘が使ってるフランス製の香水の匂いでした。商品名は知りませんが、一度嗅《か》いだら、次はすぐにわかるような香りだったな。何かの花の匂いに似てたんだが」

「それは、ポピュラーな香水なんでしょうか？」

「さあ、どうなのかな。わたしの娘が買えるぐらいだから、超高級品ってわけではないんでしょう」

「若い男の中には脛毛《すねげ》や胸毛を永久脱毛しちゃう奴もいるようだから、女性用の香水を使ってる奴もいるかもしれないな」

「そのあたりのことは、よくわかりません」

「あなたは玄関で、家の者に大声で呼びかけたんでしょ？」

　成瀬は畳みかけた。

「ええ、五、六度ね。しかし、返事はありませんでした。気配で只事《ただごと》じゃないと思ったんで、わたし、勝手に玄関ホールに上がらせてもらったんですよ。そうしたら、居間に素っ裸の若奥さんが仰向けに倒れてたんです。呼びかけても、まったく反応はありませんでした。わたしは恐る恐る居間の中に入ってみました。奥さんの首の下には、血溜《だ》まりができてました。喉が破れた提灯《ちょうちん》みたいになってたんで、もう若奥さんは息絶えてると確信しました」

「それでは、被害者の手首は取らなかったんですね？」

「はい。わたしは家から庭先に出て、持ってたスマホで一一〇番通報したわけです」

「居間に入られたとき、花のような香りはしました？」

梶が小森に訊いた。

「血臭《けっしゅう》が濃くて、香水の匂いはしなかったな。でも、嗅覚《きゅうかく》が鋭ければ……」

「仮に居間では花のような香水の匂いがしなかったとしたら、犯人の残り香ではないのかもしれないな」

「ええ、そうですね。機動捜査隊の捜査員は、女性の来客の残り香ではないかと言ってました」

「被害者の体から何か匂いは？」

「何も漂《ただよ》ってはこなかったですね。若奥さんは香水をつけてなかったんでしょう。仮に香水をつけたとしても、匂いが淡かったんでしょうね。それで、気づかなかったのかもしれません」

「そういうこともあるでしょうね」

二人の話が途切《とぎ》れた。

成瀬は一拍置いてから、小森に語りかけた。

「機捜《きそう》の話によると、被害者の衣服やランジェリーは居間のあちこちに落ちてたらしいんですが、その通りでした？」

「ええ、間違いありません。ブラウスの肩口は綻《ほころ》びかけて、胸ボタンも引き千切《ちぎ》られてましたよ。若奥さんは素直に服を脱がなかったんで、犯人に強引に着てるものを剝《は》がされたんでしょう」

「ええ、おそらくね。ところで、犯人の遺留品と思われるセキセイインコの羽が事件現場から見つかったんですが、小森さんはそれに気づきました？」

「いいえ、気づきませんでしたね。犯人は小鳥を飼ってるんですか？」

「かもしれないんですよ」

「小鳥をかわいがってるような男が平気でレイプ殺人をするとは思えないな」

「そうとも言えないと思います。もう四十年も前の話ですが、米軍基地の兵舎から拳銃を盗んで五人の市民をゲームのように射殺した孤独な青年は自宅アパートで十数羽のカナリアを飼ってたそうです。また、愛犬家が殺人犯だったケースもありました」

「そうですか。ペット好きだからって、すべてが優しい人間とは限らないわけか」

「ええ、まあ。現場検証の写真を見ると、居間のソファやコーヒーテーブルは散乱してる様子でしたが、その通りでしたか？」

「はい。殺された若奥さんは最初のうちはだいぶ抵抗したんでしょう。しかし、刃物を持ってる相手から逃げることはできなかったんだろうな。お気の毒ですよね」

小森が言った。声には、同情が込められていた。

「ご協力、ありがとうございました」

成瀬は小森に言って、相棒の肩を叩《たた》いた。

梶が立ち上がる。成瀬もソファから腰を浮かせた。

4

同僚たちの姿はない。

男は職場の休憩室で、テレビの画面を観《み》ていた。午後七時過ぎだ。チャンネルはNHKの総合テレビに合わせてあった。

国際関係のニュースが終わり、国内の事件や事故が報じられはじめた。

間もなく、ネットカフェから毎朝新聞と日東テレビに送信した例の犯行声明文のことが伝えられるだろう。

男は歪《いびつ》な笑みを浮かべた。

しかし、いくら待っても、男性アナウンサーはそのことに触れようとしない。フリーメールは新聞社とテレビ局に届かなかったのか。そんなはずはない。

男はもどかしい気持ちで、ひたすら待った。だが、依然として報道されない。ほどなくスポーツ関連のニュースが伝えられ、天気予報に移った。

「くそっ」

男は遠隔操作器《リモート・コントローラー》を使って、テレビの電源を切った。

毎朝新聞と日東テレビは、受信した犯行声明メールのことを警察には内緒にしているのだろう。そうでなければ、当然、ニュース種《だね》になっている。よく考えてみれば、当然のことかもしれない。

男は納得した。

主要マスコミは記者クラブを司法機関や官公庁に設け、事件や事故の情報を得ることが多い。記者会見で発表された事柄の確認だけではジャーナリストとしては情けない。スクープ種をみすみす警察や検察に漏《も》らすようなことはしないだろう。

マスコミ関係者だけをきりきり舞いさせても面白くない。捜査機関も翻弄《ほんろう》させたいものだ。そのうち、警察庁か警視庁に同じ内容のフリーメールを送りつけてやろう。

男はソファから立ち上がった。

ちょうどそのとき、上着の内ポケットでスマートフォンが振動した。職場では、いつもマナーモードにしてある。

男はスマートフォンを懐《ふところ》から取り出し、すぐに耳に当てた。

発信者は、ある結婚情報サービス会社の社長だった。佐堀幹典《さほりみきのり》という名だったか。五十代の後半と聞いている。

「どうもお久しぶりです。その後のご活躍は存じ上げてます」

「いまごろ、なんの用なんです？　わたしが退会したのはもう一年も前ですよ」

「ええ、そうでしたね」

「佐堀さんの会社には、金と時間を浪費させられました。ほんとに期待外れだったな」

「厳しいことをおっしゃる。あなたはスーパーサラリーマンだから、エグゼクティブコースの女性会員たちもさすがに近寄りがたかったんでしょう。それだから、お見合いパーティーで自分に手の届きそうな男性会員を選ばれる女性が多かったんだと思いますよ」

「それにしても、まったく反応がなかったな。二十回近くお見合いパーティーに出席したのに、わたしに興味を示してくれた女性会員はただのひとりもいなかった。惨《みじ》めでしたよ」

「繰《く》り返しますが、それはあなたが遣《や》り手のファンドマネージャーだからですよ」

「相変わらず、口がうまいな。それで、用件はなんなんです？」

「単刀直入に申し上げましょう。あなたに、うちの会社の広告塔になってほしいんですよ」

「広告塔？」

「ええ、そうです。晩婚化の傾向が強まってるというのに、うちの元会員の女性が三人も連続して殺害されてしまった。この六月、八月、九月に発生した若妻殺しの事件はご存じでしょ？」

佐堀が確かめた。

「ええ、まあ」

「被害者の三人は、うちのエグゼクティブコースの会員だったんですよ。もちろん、登録したときは三人とも旧姓でしたけどね。多分、あなたもパーティー会場で惨殺された三人とは会ってますよ。元会員が三人も殺されたこともあって、今後はうちの会社の女性会員数が減少しそうなんです」

「わたしにどうしろと言うんです？」

男は内心の狼狽《ろうばい》を隠して、早口で訊いた。

「形だけでいいんですが、またエグゼクティブコースの男性会員に名を連《つら》ねてほしいんですよ。あなたがスーパーサラリーマンであることを一部のマスコミが報じましたでしょ？　三月の所得税の確定申告後にね」

「そういえば、週刊誌に無断で記事にされたことがあるな。あれは迷惑でしたよ」

「あなたは有名人なんです」

「客寄せに、わたしにサクラになれってことか」

「ええ、そうです。うちのパンフレットにあなたの顔写真と談話を載《の》せさせてもらえるんなら、一億円をお支払いします。もちろん、領収証は必要ありません。税金のかからない臨時収入が一億そっくり……」

「わたしは単なる勤め人ですが、おかげさまで高収入を得てる。一億円は、それほど魅力のある金額ではありません」

「わかりました。もう五千万乗せましょう。一億五千万の謝礼を出せば、おつき合いいただけるんですね？」

「言い方が悪かったんだろうか。わたしはどんなに大金を積まれても、サクラの会員にはなりたくないと申し上げたつもりなんだがな」

「このままでは、会社が潰れちゃいます」

「そのときは、経営能力がなかったと諦《あきら》めるんですね」

「もう頼まん！」

佐堀が息巻《いきま》き、通話を打ち切った。

男はスマートフォンを上着の内ポケットに戻し、休憩室を出た。ディーリンググループに向かっていると、後ろから社長の根岸正宗《ねぎしまさむね》から声をかけられた。

「たまには一緒に銀座で飲もう。息抜きにクラブ活動も悪くないぞ」

「クラブ通いも悪くありませんが、女は平気で嘘《うそ》をつく動物だから、油断なりません」

「過去に何か苦い思いをしたようだな。しかし、たいてい女たちの嘘はかわいいものだ。嘘泣きだって、さほど罪はない。そう考えればいいんだよ」

「社長は五十七歳だから、そんなふうに泰然と構えてられるんですよ。それに、女性に手ひどく裏切られたことはないんでしょうね」

「きみはあるのか？」

「ええ、ありますよ」

「その話、聞きたいね。きみの彼女が、こっそり親友ともつき合ってたのかな？」

「自分の心的外傷《トラウマ》を平気で語れるほど神経は太くありません」

　男は苦笑した。

「言いたくなかったら、喋ることはないさ。ただ一つだけ、忠告しておく。きみは優秀なトレーダーでアナリストでもあるが、真面目《まじめ》すぎる。少しは遊ばないと、いまに仕事だけじゃなく、人生そのものに行き詰まるぞ。もっと気楽に生きたほうが愉しいと思うがね」

「スポーツクラブで黙々と汗を流して、帰宅後は飼ってるセキセイインコの世話をする。他人の目には冴《さ》えない暮らしと映るかもしれませんが、わたしはけっこうエンジョイしてるんですよ。強がりじゃなくてね」

「そうした閉鎖的な生活は、精神衛生によくないな。人間はコミュニケーションが大事なんだ」

「わたしだって、ネットで他人とつき合ってますよ。しばしばメールを交換してるネット仲間もいるんです」

「人間とは直《じか》に接するべきだよ。相手の表情や温《ぬく》もりを感じ取れなかったら、相互理解はできないんじゃないのか。とにかく、一度、無防備に自分を晒《さら》してみな。そうすれば、ずっと生きやすくなるだろう。お先に！」

根岸が男の肩を軽く叩き、オフィスを出ていった。

男はディーリングルームに入り、モニターに映し出された市場の動きを目で追いはじめた。だが、心では別のことを考えていた。

男には忌々《いまいま》しい体験があった。

四歳のとき、彼は同《おな》い年の女児に濡衣を着せられてしまった。彼女は別の男児とお医者さんごっこをしているとき、面白半分に自分の性器にガラスのおはじきを入れた。それが奥に入ってしまい、大騒ぎになったのだ。居合わせた男児は、びっくりして自宅に逃げ帰った。

幼馴染《おさなな》《じ》みの女児は母親に詰問され、男におはじきを挿入されたと嘘をついた。その翌日、男は女児の五つ違いの兄に取っ捕まえられ、ペニスの先端を握り鋏《ばさみ》で傷つけられた。出血は夥《おびただ》しかった。驚いた相手は、すぐに男の母親を呼びに行った。男は母に背負われ、近所の外科医院に運ばれた。傷口は意外に深く、五針も縫《ぬ》う羽目になった。そのため、いまでも男の亀頭は少し形がおかしい。

その出来事があってから、男は女性不信を深めた。成長するにつれ、それは大きくなった。加えて思春期には、性器コンプレックスも膨らんだ。

それでも大学生になって、初めて性体験をした。相手はゼミの仲間だった。彼女は歪んだ形で肥大《ひだい》した亀頭を見て、さもおかしそうに笑った。男は痛く傷ついた。以来、まともに女性と交際したことはない。凄《すさ》まじい性衝動《リビドー》に駆られたときは風俗店に走るか、デリバリーヘルス嬢の世話になってきた。それは、いまも変わっていない。

いつまでもトラウマを引きずっていてはよくない。

男は自分に言い聞かせ、椅子から立ち上がった。

ディーリングルームを出て、ロッカールームに歩《ほ》を運ぶ。男はロッカーの中から白いスポーツバッグを取り出し、その足で会社を出た。

職場の近くのキッチンでハンバーグライスを食べてから、地下鉄で六本木にある会員制スポーツクラブに向かう。

スポーツクラブに着くと、男はいつものようにトレーニングジムに直行した。会員は二、三十代のサラリーマンが多い。彼らの筋肉は美しく鍛《きた》え上げられている。男の体は贅肉《ぜいにく》だらけだった。引け目を感じながら、各種のマッスルマシンで自分の肉体をいじめ抜く。

十分も経《た》つと、全身が汗ばんでくる。呼吸も荒くなるが、せっせとメニューをこなした。男は体を動かしながら、視線を幾度も泳がせた。密《ひそ》かに熱い想《おも》いを寄せている速水絵美《はやみえみ》の姿はない。

体調を崩したのか。それとも、仕事が忙しいのだろうか。

男は気がかりだった。絵美を見るだけで、胸がときめく。彼女は三十歳前後で、知的な美人だ。均斉《きんせい》のとれたプロポーションも素晴らしい。

男は、まだ一度も絵美と言葉を交わしたことがない。スポーツクラブに通っているうちに、いつしか目礼し合うようになったのだ。

顔見知りのトレーナーから探《さぐ》り出したところ、絵美は一流企業に勤務しているという話だった。まだ独身《シングル》らしい。しかし、それ以外のことは何もわからなかった。

男は、絵美と親しくなりたいと心では願っていた。しかし、自分から積極的に接近するだけの勇気はなかった。

こと恋愛に関しては、男は少年のように初心《うぶ》だった。傷つくことを恐れ、何も行動は起こせない。切ない恋情だけが空回りしている。

それでも男はスポーツクラブで絵美の姿を見るだけで、仄々《ほのぼの》とした気分になる。全身の細胞がにわかに活気づき、なんとなく元気が出てくる。ささくれだった心も和《なご》む。絵美に会えた日は、自宅マンションで飲むビールがうまい。入浴中にハミングしていることもある。

恋愛こそ、生のエネルギー源だという説は正しいようだ。気持ちが塞《ふさ》いでいても、絵美のチャーミングな笑顔を思い出すと、明るくなってくる。

彼女を一度、食事に誘ってみるか。

男は上腕二頭筋を鍛えながら、胸奥《きょうおう》で呟いた。

すぐに彼は思い直した。絵美が自分に関心を持ってくれたら、デートを重ねることになるだろう。それはそれで嬉《うれ》しいが、別の心配が生まれる。

男女が親しくなれば、当然の結果として、体を求め合うことになる。風俗嬢やエステートガールたちは誰も男の性器のことには触れなかった。しかし、初体験相手は笑った。

絵美とベッドを共にしたら、おかしな形をした亀頭を笑うのではないか。そんなことになったら、愛《いと》しい女に幻滅《げんめつ》することになるだろう。

それどころか、憎しみを覚えるにちがいない。相手の反応によっては、殺意すら懐くことになりそうだ。

そんな結末になったら、哀《かな》しい。片想いに留《とど》めておくべきか。大人の片想いこそ、恋愛の極致《きょくち》だという説がある。

その通りかもしれないが、人間には性欲がある。心と体を満たし合うことが性愛の基本なのではないだろうか。メンタルな触れ合いだけでは、やはり不自然な気もする。第一、物足りない。

絵美と秘密を共有したいが、性器コンプレックスに悩まされることは辛い。心を奪われた女性と罵《のの》り合いたくなかった。

絵美のことは理想の女性と考えて、遠くから眺《なが》めていたほうがいいのだろうか。そうすれば、傷つけられることもないし、相手を傷つけずに済む。

男はトレーニングルームを出て、シャワールームに入った。頭から熱めのシャワーを浴び、汗をすっかり洗い流す。

男は手早く身繕《みづくろ》いして、スポーツクラブを出た。時刻は午後十時を回っていた。

男は地下鉄の六本木駅まで歩き、日比谷線に乗った。ひと駅先の広尾駅で下車し、自宅マンションまで六、七分歩く。借りているマンションは広尾三丁目にある。

男の部屋は八〇五号室だ。八階である。

自室に入ると、男はまず居間の鳥籠《とりかご》に近づいた。籠の中には、二年近く飼っているセキセイインコがいる。雄《おす》だ。羽は黄色と青の斑《ぶち》だった。

「ピースケ、ただいま！　寂しかっただろうな。ごめん、ごめん！」

男は、いつものように小鳥を籠から出してやった。ピースケは嬉しそうに居間を飛び回り、男の肩口に止まった。

「先におまえに嫁さんを貰ってやらないとな。でも、ピースケは気難しすぎるよ。去年の秋に買ってきたピーコが気に入らなかったみたいで、いじめ殺しちゃったからな。同じことをしたら、おれがピースケの首を捻《ひね》っちゃうぞ」

男はセキセイインコに言った。

すると、ピースケが男の耳を猛然とつつきはじめた。

「そんなに怒るなよ。おまえを殺すわけないじゃないか。冗談だって。いい子だから、機嫌を直してくれよ」

男はひとしきり小鳥と戯《たわむ》れてから、鳥籠の中を入念に掃除した。餌《えさ》と水を取り替え、青葉を与える。

ＬＤＫを挟んで、寝室と書斎がある。男は寝室で灰色のジャージの上下に着替え、書斎に入った。

パソコンを覗く。メール友達の〝ショコラ〟からメールが届いていた。〝ショコラ〟はチャットネームだ。三十歳前後のＯＬらしいが、そのほかのことは何も知らない。

男も自分の氏名や職業を〝ショコラ〟には教えていない。彼のチャットネームは〝エスプレッソ〟だった。

二人は、あるチャットサイトで知り合い、およそ一年前から個人的にメールの遣《や》り取《と》りをするようになったのだ。

男はパソコンに向かい、早速、返信メールを打った。内容は他愛ないことだった。少し前に帰宅し、ペットのセキセイインコと遊んだことを絵文字入で伝えた。

四十男がこんなことをしてるのは、ちょっと変かもしれない。男はそう思いながらも、〝ショコラ〟からの返信メールを待った。

〈〝エスプレッソ〟さんが小鳥と戯れてる姿を想像したら、わたし、思わず泣きそうになっちゃいました。あなたの寂しさがひしひしと伝わってきたからよ〉

〝ショコラ〟のメールには、いつも優しさが込められている。そうした思い遣りが無《む》性《しょう》に嬉しい。

パソコン通信に熱中する男女は年齢に関《かか》わりなく、一様《いちよう》に孤独だと言われている。しかも、精神的に不安定な者が少なくないらしい。

〈お言葉を返すようですが、当方はちっとも寂しくありません。部屋に戻れば、ピースケが待っているからです。いつかのメールで伝えましたが、ピースケは人間の言葉がよくわかるのです。そして、驚くことに当方の心も読めます。すごいでしょ？　拍手してやってください。それはともかく、〝ショコラ〟さんも何かペットを飼ったら？

犬や猫を飼うことはマンションのオーナーに禁じられているとの話でしたが、小鳥やハムスターなら別に問題はないでしょう。手初めに文鳥あたりを飼ってみたら、いかがでしょうか〉

男はメールを送信した。

メール友達の素顔は、お互いに知らない。姓名、職業、収入、家族構成なども確認の仕様がないわけだ。なんの利害や思惑《おもわく》も絡《から》んでいないから、本音で物が言える。それが最大の魅力だった。

メール友達と言いたいことを言い合っているうちに、自然と溜《た》め込んでいたストレスが解消している。単なる退屈しのぎだけではなく、それなりの効用もあるわけだ。

今夜も寝不足になりそうだ。〝ショコラ〟のメールが届く前に、小用を足しておくか。

男は椅子から立ち上がって、手洗いに急いだ。

第二章　複数の容疑者

1

月が出ている。

巨大な墓石に見える高層ビルの斜め上だった。

半月《はんげつ》だ。右半分が光っている。上弦《じょうげん》の月である。

成瀬隆司はコップ酒を傾けながら、喉《のど》の奥で笑った。屋台のベンチに腰かけていた。代々木署の裏手の通りだ。

「お客さん、思い出し笑いってやつですか」
六十五、六歳の屋台の主《あるじ》が話しかけてきた。細身だが、どことなく凄《すご》みがある。若いころ、数々の修羅場を潜《くぐ》ってきたのではないか。客は成瀬だけだった。
「うん、まあ」

「どんなことを思い出したんです？　差し支《つか》えなかったら、教えてくださいよ」

「小四のとき、月のことで二つ上の兄貴と取っ組み合いの喧嘩《けんか》をしたことがあるんだ」

「喧嘩の理由はなんだったんです？」

「兄貴がね、上弦と下弦《かげん》を間違って教えてくれたんだよ。おれは教えられた通りに宿題ドリルに書いた。クラスで答えが間違ってたのは、たった四人だった。三人は女の子で、残りのひとりがこっちだったんだ。あのときは、ものすごく恥ずかしかったな」

「そうでしょうね」

「おれと違って、兄貴は学年で一、二位を争うほど勉強ができたんだ。それだから、おれは疑いもしないで、教えられたことを答えの欄《らん》に書いた」

「ところが、間違ってた。お客さんは赤恥かかされたんで、お兄さんに文句を言ったんですね？」

「そうなんだ。そうしたら、兄貴の奴《やつ》、おれが聞き違えたんだって言い張ったんだよ。おれは兄貴の狡《ずる》さに腹が立ったんで、思わず組みついたんだ」

「どっちが勝ったんです？」

「おふくろが仲裁《ちゅうさい》に入ったんで、引き分けになったんだ。止められなかったら、おれが兄貴を泣かしてたさ。おれ、勉強はできなかったけど、かなりの腕白《わんぱく》だったからね」

「上弦の月って、どういう形をしてるんでしたっけ？」

「あれだよ」

成瀬は頭上の月を指さした。

「ああいう月でしたっけね。わたしも、学校の勉強はからっきし駄目だったからなあ」

「兄貴と喧嘩した後、自分で調べたから、いまでも憶《おぼ》えてるんだが、上弦というのは新月から次の満月の間に見られる半月のことなんだ。月の入りには、弦が上方に見えるんだよ」

「それで、上弦の月と言うんですか」

「そう。下弦は反対に満月から新月に至《いた》る間に見られる半月のことなんだよ。左半分が光ってて、月の入りには弦が下方に見える」

「いい勉強させてもらいました。わたしは高校を一カ月で中退した人間ですから、学がなくてねえ。その後はずっと露天商をやってきたんで、物を識《し》らないんですよ。いけませんね。この年齢《とし》になって、もっと知識を頭に入れとくべきだったと悔《く》やんでます」

「親爺《おやじ》さん、一杯飲《や》ってよ」

「お気持ちだけ頂戴《ちょうだい》しておきます。実は、さんざん苦労かけた女房が喉頭癌《こうとうがん》で手術したばかりなんですよ。声帯は失ってしまいましたが、命は奪《と》られずに済みました」

「それはよかったね」

「ええ、ありがとうございます。酒好きなんですが、女房が退院するまではアルコールを断《た》つことにしたもんだから」

「いい話だな。それじゃ、おでんをもう一皿くれないか」

「はい、少々お待ちを」

屋台の主がにこやかに言い、新しい皿におでんの種《たね》を手早く移しはじめた。

成瀬は煙草に火を点《つ》けた。セブンスターだ。ふた口ほど喫《す》ったとき、誰《だれ》かが屋台に近づいてきた。成瀬は振り返った。

梶警部補だった。

「何か動きがあったのか？」

成瀬は先に口を開いた。

「いいえ、別に。男臭《くさ》い道場で早く雑魚寝《ざこね》をしても仕方ないでしょ？」

「そうだな」

「同席させてもらいます」

梶が成瀬のかたわらに腰かけ、冷酒とおでんを注文する。

「迷惑だな」

「え？」

「おれは独《ひと》り酒が好きなんだよ。同僚の上司批判を聞いてたら、酒がまずくなるからな」

「自分、上役の陰口なんかたたきませんよ。言いたいことがあったら、その相手に面と向かって言います」

「少しは見所があるようだな。だが、おまえは仕事上の相棒だ。それ以上でも以下でもない」

「別に成瀬さんに取り入ろうとしてるわけじゃありません。相棒《バディ》なんですから、最低限の疎通《そつう》は大事だろうと考えてるだけです」

「そうか。もう仕事絡《がら》みの話はするな」

成瀬は釘《くぎ》をさして、煙草の火を消した。

そのとき、梶の前に冷酒とおでんが置かれた。成瀬の追加分も並べられた。

「職場の同僚の方ですね？」

屋台の主が梶を見ながら、成瀬に確かめた。

「そうなんだ。仕事熱心な男だから、出世するだろう」

「そうですかね」

「出世はしない？」

「と思います。わたし、若いころから少しばかり人相学を齧《かじ》ってきたんですよ。お客さんもそうですが、若いご同僚も我《が》の強さが人相に出てます。だから、お二人ともいつか職場で上司とぶつかることになるでしょう」

「おれたちは似た者同士ってわけか」

「そう言ってもいいと思います」

「喜ぶべきか、悲しむべきか」

梶がおどけて言い、冷酒を啜《すす》った。

「どちらも反骨精神に富んでるようですんで、敵も多くこしらえてしまうでしょう。しかし、必ず強力な理解者を得られるはずですよ」

「そこまで、よくわかりますね」

「手相占いと同じで、人相による占いも良いことだけを信じ、悪いことは聞き流してください。そうすれば、運が開けるでしょう」

「なあんだ、そういうことか。危《あや》うく占いを信じるとこでしたよ」

「でもね、お二人とも戦国武将のように熱く烈《はげ》しい生き方をされると思いますよ」

屋台の主が言って、おでん鍋《なべ》に鰯《いわし》のつみれを落とした。

そのすぐ後、成瀬の懐《ふところ》で刑事用携帯電話が鳴った。いわゆるポリスモードだ。五人と同時通話ができる。写真や動画の送受信も可能だ。成瀬は屋台から少し離れてから、ポリスモードを耳に当てた。

「野上だ」

「管理官でしたか。何か大きな動きがあったんですね？」

「碑文谷署に出張《でば》ってる板垣警部が数十分前に児島夏海殺しの重要参考人の身柄《ガラ》を押さえたらしい」

「その重参（重要参考人）は、どんな奴なんです？」

「二十五歳の板金工で、橋口伸太《はしぐちしんた》という名らしい。そいつには婦女暴行未遂の前科《マエ》があるというんだよ。その橋口が押坂佳奈の事件に関与してる可能性もある」

「そうでしょうか」

「梶と一緒に碑文谷署に出向いて、板垣に探《さぐ》りを入れてほしいんだ。橋口が一連の新妻殺害事件の真犯人だったら、われわれは碑文谷署に設置された捜査本部《チョウバ》に先を越されることになるからな」

「板垣さんたちは起訴できるだけの物証を押さえたんですかね」

「そこまで捜査は進んでないと思いたいな。立件《りっけん》が難しいとなったら、いずれ橋口は釈放《パイ》されるだろう。そしたら、こっちが橋口を徹底的にマークして、成城署や碑文谷署よりも先に物証を掴《つか》むんだ。いいね？」

「はい」

「いま、どこにいるんだ？」

「代々木署の近くで、梶と夜食を摂《と》ってたとこです」

「そうか。急いで碑文谷署に向かってくれ」

電話が切れた。

成瀬は二人分の勘定を払うと、強引に梶を立たせた。屋台から遠のいてから、手短に経緯《いきさつ》を話す。

「わかりました。タクシーで行きましょう」

梶が言った。

二人は駆け足で表通りに向かった。タクシーを拾い、碑文署に急ぐ。

二十分そこそこで、目的の所轄《しょかつ》署に着いた。成瀬たちは受付で身分を明かし、捜査本部に足を向けた。

本部を覗《のぞ》くと、本庁から派遣《はけん》された志賀《しが》創《はじめ》警部補の姿が目に留《と》まった。三十二歳で、職階も成瀬より低い。

「おーい、ちょっと……」

成瀬は志賀を廊下に誘い出した。たたずむと、志賀が訝《いぶか》しんだ。

「成瀬さんたちが、どうしてこっちの捜査本部に？」

「板垣警部が本部事件の重参を連行したんだってな？」

「もう耳に入ってるんですか」

「橋口伸太って容疑者は、児島夏海の死亡推定時刻に被害者宅付近で目撃されてるのか？」

「勘弁してくれませんか。自分が何か喋《しゃべ》るわけにはいきませんよ」

「ここに出張ってる連中が真っ先に連続新妻殺害事件を解決させたいってことか。要《よう》するに、手柄を立てたいんだ？」

「結果的にはそういうことになるんでしょうが、別に板垣さんは勇み足をしたんじゃないんですよ。重要参考人は被害者の児島夏海を近所の大型スーパーで五月末に見かけて以来、幾度かストーカーじみたことをしてたんです。それで、児島宅を覗き込《こ》んでるとこを近所の主婦たち数人に見られてたんですよ」

「被害者《マルガイ》の旦那《だんな》は、そのことを一言も口にしなかったな。故意《こい》に隠したんだろうか」

「そのあたりのことはわかりませんが、重参の橋口がストーカー行為をしてたことは間違いないと思います。それから、事件当夜、児島宅の近くで近所の者に目撃されてることもね」

「事件が発生したのは、確か八月の上旬だったな？」

「ええ、八月七日の晩です」

「なんで、いまごろ、そういう目撃証言が出てくるのかな。地取り捜査はやってるはずだ。そのときは、有力な手がかりは得られなかったんだろう？」

成瀬は志賀の顔を見据《す》えた。

「ええ」

「なのに、一カ月以上も経《た》ってから、複数の目撃証言を得られたというのは妙な話だな」

「どの証言者も、最初は事件に関《かか》わることを恐れたようです。犯人に逆恨《さかうら》みされるケースがありますでしょ？　最近の若い奴はキレやすいですからね。正義感を発揮して目撃証言をしたら、犯人に何かされるかもしれないと思ったんでしょう」

「なるほど、そういうことだったのかもしれないな」

「深谷さやかや押坂佳奈との接点はあるんですか？」

梶が会話に割り込んだ。

「そのあたりのことは、まだわかってないんだよ」

「目下《もっか》、板垣警部が橋口伸太を取り調べ中なんですね？」

「そうなんだ。だが、橋口は黙秘権を行使《こうし》してるらしい。取調室から板垣さんの怒鳴《どな》り声が何度も聞こえてきたけど、肝心《かんじん》の容疑者の声はまったく……」

「そうですか」

「志賀、重参には婦女暴行未遂事件を起こしたことがあるんだってな？」

成瀬は確かめた。

「ええ、玉川署で二年半前に現行犯逮捕されてます。予備校帰りの女子高生を原っぱに引きずり込んで、レイプしようとしたんですよ。しかし、たまたま散歩中の住民に見つかって、緊急逮捕されたんです」

「橋口の血液型は？」

「Ａ型です」

「靴のサイズは？」

「確か二十六センチです。児島宅で発見されたスニーカーと同じ大きさで、それから同じ模様の靴底のものが橋口の自宅アパートにあったんですよ。で、重参として、奴を引っ張ってきたわけです」

「橋口は最初っから、だんまり戦術をとってるのか？」

「いいえ。最初は犯行を強く否認したそうです。しかし、その後は押し黙ったままのようですね」

「橋口は高校生の女の子を襲ったとき、スキンを忍《しの》ばせてたのか？」

「避妊具は装着してたそうです。精液から血液型を割り出されたくなかったんだと思います。それから、橋口は両手に医療用のゴム手袋を嵌《は》めてたらしいんですよ」

「今回の事件では、犯人はスキンを使ってない。犯行前にコンドームを装着してた男が、なぜ抜き身でレイプする気になったのか。そのことに、おれは引っかかるね」

「成瀬さんは、橋口の犯行《ヤマ》ではないと思ってるんですか？」

「新妻連続殺人の加害者と血液型は同じでも、ＤＮＡ型は異《こと》なってるわけだから、真犯人と断定するのは無理だな。橋口の自宅アパートで見つかった靴は大量生産されたものだろうから、靴底のデザインが同じサイズ二十六センチの製品は何万足も販売されたんだろう」

「橋口を重参にしたのは、早とちりだったとおっしゃりたいんですかっ」

志賀が挑《いど》むような口調で言った。

「そこまでは言ってないよ。しかし、誤認逮捕だった可能性がまったくないわけじゃない。板垣さんは、ちょっと功を急ぎすぎたのかもしれないな」

「そうなんでしょうか」

「ほんの五分でいいんだが、板垣さんと話をさせてほしいんだ。志賀、呼んできてくれよ」

「それは、ちょっと……」

「誤認逮捕だったら、警察はマスコミに叩《たた》かれることになる。板垣警部は当然、島流しにされるだろう。いや、下手したら、辞表を書かされるな」

「そうなったら、まずいな」

「他所《よそ》の捜査本部《チョウバ》に口幅《くちはば》ったいことは言いたくないが、いったん橋口を釈放《パイ》にしたほうがいいと思うな」

成瀬は言った。すると、志賀が意を決した顔つきになった。

「自分、板垣警部を呼んできます。成瀬さんの話を聞いて、そうすべきだと思ったんです」

「それじゃ、頼むよ。おれたちは、ここで待ってる」

成瀬は言って、目顔《めがお》で志賀を促《うなが》した。志賀が取調室のある方向に走りだした。

「板垣さんを挑発するようなことをして、大丈夫ですか。彼は成瀬さんのことを快《こころよ》く思ってないようですから、殴りかかってくるかもしれませんよ」

梶が不安顔で言った。

「パンチを繰《く》り出してきたら、公務執行妨害《ぼうがい》で手錠《ワッパ》打ってやる」

「本気ですか⁉」

「冗談さ。穏《おだ》やかに探りを入れるだけだよ」

成瀬は笑顔で応じた。

待つほどもなく、前方から板垣が大股《おおまた》で歩いてきた。志賀は、ずっと後方にいた。揉《も》め事に巻き込まれたくないのだろう。

「取り調べ中にお呼び立てして、申し訳ありません」

成瀬は、板垣に先に声をかけた。板垣は憮然《ぶぜん》とした表情で何も言わない。

向かい合うと、彼はいきなり成瀬の胸倉を摑んだ。

「きさま、おれに喧嘩売りに来たのかっ」

「それは誤解ですよ。板垣さんが児島夏海の事件の重要参考人を押さえたって噂《うわさ》を耳にしたんで、ちょっと様子を見に来ただけです。橋口って重参はクロなんですか？」

「まだ自供してないが、心証《しんしょう》はクロだ。真っ黒だよ」

「さっき志賀から聞いたんですが、橋口は事件当夜、被害者宅の近くで複数の住人に目撃されてるらしいですね？」

「ああ、それだけじゃない。橋口はA型で、靴のサイズは二十六センチなんだ。所有してる靴の底の模様が現場の足跡と合致したんだよ。ＤＮＡ型は違うが、分析ミスかもしれない。再分析してもらうつもりなんだ」

「そうですか。ところで、凶器の刃物は見つかったんですか？」

「そいつは、まだ発見してない。しかしな、起訴できるだけの証言は得られたんだ」

「橋口が真犯人《ホンボシ》だったら、板垣さんは大変なお手柄ですね。しかし、誤認逮捕だとしたら、板垣さんは苦しい立場になるな」

「きさま！　誤認逮捕の可能性がないわけじゃないと志賀に言ったそうだが、その根拠はいったい何なんだっ。はっきり言ってみろ！」

「橋口は女子高生をレイプしようとしたとき、犯行前にスキンを装着してたそうですね。そこまで用心深い奴が、八月の事件のときはスキンなしで被害者を犯したことになります」

「たまたまスキンを持ってなかったんだろう。きっとそうさ」

「そうでしょうか。おれは、これまでに十数件の婦女暴行の捜査《ツッコミ》に携《たずさ》わってきました。大半の犯人は抜き身でレイプしてますし、スキンを使った奴は毎回、避妊具を用《もち》いてる。それは、みごとなぐらいにはっきりと分かれてましたよ」

「前回の犯行でスキンを装着してた橋口が、児島夏海をナマで姦《や》るわけないと言いたいんだな？」

「ええ、そうです」

「きさまが経験《けいけん》で学んだことが常に正しいわけじゃない。そうだろうが！」

「そうかもしれません。板垣さんは、橋口が深谷さやかも押坂佳奈も殺害したと考えてるんですか？」

「まだはっきりとは言えないが、その可能性はあるだろうな」

「橋口には、二人との接点があるんですか？」

「それは、これから吐かせる」

「橋口が児島夏海につきまとってたように、深谷さやかや押坂佳奈にもストーカーじみたことをやってたんだとしたら、疑惑は濃くなりますよね。しかし、そういうことをしてないとしたら、さやかと佳奈を殺したのは橋口じゃないと思いますよ。生意気《なまいき》なことを言いますが、児島夏海殺しを強く否認してる橋口はいったん泳がせたほうがいいですよ。三つの事件は、同一犯の仕業《しわざ》臭いわけですから」

成瀬は忠告した。

「御為《おため》ごかしを言いやがって。きさまの肚《はら》はわかってる。おれに先を越されたくないんだろうが！」

「疑い深いんだな」

「腹黒い奴だ。おれの捜査に口出しするんじゃねえ！」

板垣は一喝《いっかつ》すると、くるりと背を向けた。そして、荒々しく取調室に戻っていった。

いつの間にか、志賀の姿は掻《か》き消えていた。

「おれの勘では誤認逮捕だな。梶、引き揚げよう」

成瀬は先に歩きだした。

2

生欠伸《なまあくび》が止まらない。

頭も重かった。明らかに寝不足だ。

男はモニターに目をやりながら、コーヒーをブラックで飲んだ。ほろ苦かった。

勤務先のディーリングルームである。午前十一時過ぎだった。

男は明け方近くまで、〝ショコラ〟とメール交換を愉《たの》しんでから、ようやくベッドに潜《もぐ》り込んだ。しかし、なかなか寝つけなかった。頭が興奮状態だったからだろう。

メール友達の〝ショコラ〟には、家族のようになんでも打ち明けられる。男は、スポーツクラブで見かける速水絵美という女性に魅《み》せられていることをメールで明かした。

すると、〝ショコラ〟は片想《おも》いは不自然だと返信してきた。そして、勇気を出して意中の女性に胸の想いを伝えるべきだと言ってきた。

男は〝ショコラ〟に煽《あお》られ、いったんはその気になった。しかし、時間が経つと、その勇気は萎《しぼ》んでしまった。自分は確かに高額所得者だ。出身大学のランクも低くない。だが、そのほかに取柄があるだろうか。

中肉中背で、平凡な顔立ちだ。これといった趣味もない。口下手でもある。何よりも、もう若いとは言えない。外見は冴《さ》えない四十男そのものだ。

憧《あこが》れの女性は輝いて見える。その美しさは際立《きわだ》っていた。知性も感じさせる。美女にありがちな高慢さは、みじんもない。絵美の笑顔は澄《す》んでいる。

そんな完璧《かんぺき》な女性に心惹《ひ》かれる男たちは多いはずだ。もう彼女には、恋人がいるにちがいない。自分が横恋慕《よこれんぼ》したところで、惨《みじ》めな結末が待っているだけだろう。

スポーツクラブを辞めて、一日も早く速水絵美のことは諦《あきら》めるべきなのか。しかし、そう簡単には忘れられそうもない。

絵美なら、自分の女性不信を拭《ぬぐ》ってくれそうな気がする。男として生まれてきたからには、かけがえのない女性と出会って愛を紡《つむ》ぎたい。

だが、冷静に考えると、自分と絵美が結ばれる可能性は限りなく零《ゼロ》に近いだろう。男はつい絶望的な気持ちになってしまう。といって、絵美への熱い想いは消えそうもない。どうすればいいのか。

仕事に集中できない。気分を変えたほうがよさそうだ。

「ちょっと早目だが、昼飯を喰《く》ってくるよ」

男は隣の同僚に言って、自席から離れた。ディーリングルームを出て、すぐにエレベーターで一階まで降りる。

きょうは、気温はそれほど高くない。初秋の気配が感じられる。街路樹の葉は、わずかに黄ばみはじめていた。

男はビル街の裏通りに入り、昔ながらの食堂に入った。タクシー運転手が数人、焼き魚定食を食べているきりだった。

男は出入口に近いテーブル席につき、ミックスフライ定食を注文した。さらに単品で、ひじきと肉豆腐《にくどうふ》をオーダーした。

男は高校を卒業するまで、三重県四日市市で暮らしていた。コンビナートを眺《なが》めながら、大きくなった。父親は大手化学会社の工員だった。子供は四人もいた。二人の姉と兄は高校を卒業すると、地元で就職した。

成績優秀だった男だけが、東京の大学に進学した。母が洋裁の仕立ての内職で、学費を工面《くめん》してくれたのである。

男は家族の期待通りに勉学にいそしみ、大手証券会社に就職した。最初のボーナスはそっくり母に渡し、次の賞与は父、二人の姉、兄に均等に配った。

男は家族に感謝され、高給を得るための努力を重ねた。おかげで、ステップアップできた。転職と引き抜きで、スーパーサラリーマンと呼ばれるようにもなった。

しかし、いつも心の中は虚《うつ》ろだった。金を追うだけでは味気ない。充分に生きたとは言えないのではないか。

そういう思いが消えない。納得できる仕事に打ち込むべきなのではないか。

高収入を得ることを生甲斐《いきがい》にするような人生は浅薄《せんぱく》だ。もっと魂《たましい》が震えるようなことがしたい。自分自身を変え、世の中も掻き回したい。

男はアナーキーな夢想をしながら、昼食を摂った。

食堂を出たとき、彼は毎朝新聞と日東テレビが例の犯行声明メールをいたずらと判断したのではないかという気がした。そうなら、なんとも腹立たしい。

インターネット・カフェでおどおどしながら、フリーメールを送信したことが無《む》になってしまう。そんなことは赦《ゆる》せない。

男は歩きながら、公衆電話を目で探しはじめた。

なかなか見つからない。十五、六分歩くと、やっと公衆電話のボックスが目に入った。男はテレフォンボックスに入り、フックから受話器を外した。

一一〇番通報してから、送話孔《こう》に折り畳んだハンカチを被《かぶ》せた。電話が繫《つな》がり、相手の声が響いてきた。

「事件ですか？　事故でしょうか？」

「警察は間抜《まぬ》けだな。おれは三人の人妻を犯して殺したのに、まだ捜査の手は迫ってこない」

「三人の人妻というのは？」

「深谷さやか、児島夏海、押坂佳奈の三人だよ。毎朝新聞と日東テレビにメールで犯行声明文を送ってある。マスコミに先を越されたら、警察の面目は丸潰《まるつぶ》れだな」

「くだらないいたずらはよせ！」

「いたずら電話だと思うなら、新聞社とテレビ局に真偽を確かめてみろ」

「おまえは……」

「〝平成の切り裂《さ》き魔〟だよ。連続新妻殺害事件の犯人さ」

男は冷笑し、電話を切った。ハンカチで受話器の指紋《しもん》と掌紋《しょうもん》をきれいに拭って、さりげなくテレフォンボックスを出る。

警察は発信場所がこの公衆電話であることをじきに突きとめるだろう。しかし、自分にはたどり着けないにちがいない。そのうち、わざとヘマをしてやろう。捜査の手が当方に迫ってこなかったら、ちっとも面白くない。早くスリルを味わいたいものだ。

男は勤め先に引き返しはじめた。


線香を手向《たむ》ける。

押坂敏直は亡妻の骨箱《こつばこ》を優しく撫《な》で、遺影を眺めた。自宅の一階の和室だ。

火葬場から遺骨が戻ったのは数十分前だった。縁者は別室で、精進《しょうじん》落としの料理をつついている。午後三時を回っていた。

「佳奈、やっと二人だけになれたな」

押坂は声に出して言い、両手を合わせた。

実に短い新婚生活だった。生前の佳奈の姿が鮮やかに脳裏《のうり》に蘇《よみがえ》った。会社の仕事で、たいてい帰宅するのは午後十時過ぎだった。それでも、佳奈は夕食を摂らずに夫の帰りを待っていた。

押坂は、先に食事を済ませろと何度も新妻に言った。佳奈はうなずきながらも、決して先に夕食を摂ることはなかった。

妻として、非の打ちどころがなかった。家事を手際《てぎわ》よくこなし、社員たちへのもてなしも上手だった。妻を失ったことは大きな痛手だ。もう佳奈のような理想的な女とは巡《めぐ》り逢《あ》えないだろう。

それにしても、どこの誰が佳奈を殺害したのか。警察の話では、変質者の犯行臭いということだった。

確かに喉を刃物で真一文字《まいちもんじ》に掻っ切る手口は、異常な行為だ。しかも、傷口には十字架を突き立てている。

だが、性的にはアブノーマルなことはしていない。妻を穢《けが》しただけで、乳房や陰部は傷つけていなかった。異常者の犯行にしては、猟奇色《りょうきしょく》が薄いのではないか。

捜査当局は何か先入観に囚《とら》われて、大事なことを見落としてはいないか。六月と八月に発生した似たような事件との関連性を重要視したほうが賢明な気がする。性犯罪者に焦点《しょうてん》を絞ることは早計なのではないか。

佳奈を含めて三人の被害者は『プリティー・キューピッド』のお見合いパーティーで、結婚相手と出会っている。犯人は、被害者たちが見向きもしてくれなかったことを逆恨みしている男性会員なのではないか。

押坂は合掌を解《と》いた。

そのとき、襖《ふすま》越しに従妹《いとこ》の玲子《れいこ》の声がした。

「敏直ちゃん、和久井陽介って男性《ひと》を知ってる?」

「知ってることは知ってるが……」

「その方が訪ねてきて、敏直ちゃんに取り次《つ》いでほしいと頼まれたの」

「なんだって⁉」

「やくざっぽい奴ね。うまく追っ払ったほうがいい?」

「いや、会おう」

押坂は立ち上がって、廊下に出た。

玲子は心配顔だった。押坂の母の妹の長女で、広告代理店に勤めている。二十九歳になったはずだ。

「和久井陽介は、ひとりで訪ねてきたのか?」

「だと思うけど。家の前で待ってると言ってたわ。わたしも一緒に行こうか? 誰かがそばにいれば、おかしなことはしないでしょ?」

「平気だよ。心配するなって」

押坂は従妹に言って、玄関ホールに向かった。

家の外に出ると、物陰からベージュのスーツを着た男がぬっと現われた。和久井陽介だった。

「告別式のあった日に、この背広《ビロ》じゃ失礼だったかな。でも、いいか。死んだ佳奈夫人は、おれの姉貴の恋敵《こいがたき》だったわけだからさ。おれとしては、赤飯炊《た》きたいくらいだよ」

「不謹慎《ふきんしん》だな。用件を言ってくれ。いま、取り込み中なんだ」

「きのう、姉貴がセレモニーホールに行ったらしいね」

「ああ、来たよ」

「姉貴は、あんたに自分と再婚してくれってせがんだんだろ?」

「まあね」

「姉貴はさ、あんたにぞっこんなんだよ。それはそうだよな。姉貴は五年もあんたとつき合ってたんだからさ。それに、二度も腹の子を堕《お》ろしてる。そこまで尽《つ》くして、ほかの女と結婚されたんじゃ、姉貴の自尊心はずたずただよ」

「………」

「うちの親父が前科持ちで、弟のおれが堅気《かたぎ》じゃない。それだから、あんたは腰が引けちまったんだろ?　けどさ、それは男のやることじゃねえぜ。姉貴の悔《くや》しさがわかるから、おれは一肌脱ぐ気になったわけよ」

「それは、佳奈の事件に関与してるって意味なのか?」

押坂は訊《き》いた。

「ま、好きに考えてよ。おれはろくでなしだけどさ、割に家族思いなんだ。姉貴と二人だけの姉弟《きょうだい》だったから、お互いに庇い合う気持ちが強いんだよ。おれ、姉貴のためだったら、人殺しでもなんでもやっちまうね」

「き、きみが佳奈を殺したのか⁉」

「さあ、どうかね。参考までに教えておいてやるよ。おれの血液型はA型なんだ」

「な、何センチの靴を履《は》いてるんだ？」

「二十六センチだよ、どの靴もさ」

「それじゃ、もしかしたら……」

「おれがあんたの女房を殺《や》ったかどうかは答えられねえな。けど、佳奈って女が若死にすることを願ってたのは間違いないよ。あんたがまた独身になったら、おれの姉貴が後妻になるチャンスがあるわけだからさ」

「由紀に聞いたんだが、きみはナイフの使い方がうまいんだって？」

「自慢できるのは、それぐらいだね。小学生のころから護身用のナイフを持ち歩いてたから、自然と使い方がうまくなったんだ。野良犬を取っ捕《つか》まえて、何度か喉を掻っ切ったことがあるな。それから、野良猫を始末して皮を剝《は》いだこともあるよ。案外、簡単に剝ぎ取れるんだよね」

「惨《むご》いことをしたもんだ」

「あんた、震えはじめたんじゃねえの？　きょうは刃物《ヤッパ》なんか呑《の》んでねえから、安心しなよ。それよりさ、女房の納骨を済ませたら、姉貴と再婚してもらいてえんだ」

「その件については、きみのお姉さんにはっきりと断ったはずだがな」

「それで済むと思ってんのかっ。ふざけんじゃねえ。姉貴は身も心も弄《もてあそ》ばれたんだ。あんたには言ってねえだろうけど、姉貴は精神安定剤をいっぺんに百錠も服《の》んで自殺しかけたこともあるんだぞ」

「それはほんとなのか⁉」

「ああ。そっちが新婚旅行中にな。姉貴にしてみれば、命懸《が》けで惚《ほ》れた男がほかの女とナニしてると思うと、頭がおかしくなりそうだったんだろうよ」

「………」

「罪な野郎だぜ、あんたはよ。親父もおれもあんたには近づかないようにするからさ、姉貴と再婚してくれや」

「拒《こば》んだら？」

「あんたを殺すだろうな。そっちが死ねば、姉貴の熱も冷めるだろう。姉貴にとっては、そのほうが幸せなのかもしれねえな」

「どうして？」

「あんたはゲームソフト開発会社の社長だから、水商売の女たちにもてはやされてるんだろう。誰と一緒になっても、浮気はするんじゃねえの？　そうなりゃ、姉貴は妻の座を得ても、女心が傷つくってもんだ。それじゃ、ハッピーとは言えねえだろうが」

「結婚したら、女遊びなんかしないよ」

「いっそあんたを殺《や》っちまうかな。そのほうが姉貴はハッピーになれるかもしれねえからさ」

和久井陽介が上目遣《うわめづか》いに押坂を見て、口の端を歪《ゆが》めた。押坂は戦慄《せんりつ》に取り憑《つ》かれ、思わず口走ってしまった。

「落ち着いたら、再婚のことは考えてみるつもりだよ」

「改めて考えることはねえだろうが！」

「え？」

「あんたはさ、おれの姉貴と再婚しなきゃならねえんだよ。男だったら、ちゃんと責任をとらなきゃな」

「しかしね」

「四の五の言ってると、あんたを殺《や》っちまうぞ。ナイフで喉を掻っ切ってやらあ。女房と同じように、傷口に十字架を突っ立ててやろうか。それよりも、ちょん斬《ぎ》ったあんたのマラを突っ込んでやったほうが面白《おもしれ》えな」

「やめてくれ、そんなことは」

「なら、姉貴と再婚してくれるなっ」

「少し時間をくれないか」

「どのくらい？」

「五日、いや、一週間待ってくれないか」

「オーケー、待つよ。一週間後に色よい返事を貰《もら》えなかったときは、その場であんたを殺《や》っちまうぞ」

和久井は捨て台詞《ぜりふ》を吐くと、肩を振り振り歩み去った。

「なんてことなんだ」

押坂は長嘆息《ちょうたんそく》し、額の脂汗《あぶらあせ》を手の甲で拭った。

由紀と再婚しなければ、彼女の弟は本気で自分を殺すかもしれなかった。命は惜《お》しい。といって、もはや愛情の失《う》せた昔の恋人を後妻にしたら、家庭は地獄になるだろう。

押坂は懐からスマートフォンを取り出し、ＮＴＴの番号案内係に代々木署の代表電話番号を聞き出した。すぐに電話を捜査本部に繋いでもらう。

受話器を取ったのは中年の男だった。押坂は名乗って、本庁捜査一課の成瀬警部に替わってもらった。

「押坂さん、どうされたんです？」

「佳奈を殺したかもしれない男に脅迫されたんです。そいつは暴力団の組員なんですよ。わたし、結婚前にその男の姉と五年ほど交際してたんです。しかし、いろいろ事情があって、その彼女とは一緒にならなかったんですよ」

「もう少し詳《くわ》しく話してくれませんか」

成瀬が言った。押坂は、和久井姉弟のことを包み隠さずに語った。

「その和久井陽介という奴は、奥さんの事件に関与してるような口ぶりだったんですね？」

「わたしには、そう受け取れました。由紀の弟は否定することなく、ナイフの扱いがうまいんだと言ったんです」

「そうですか」

「それから、和久井陽介は自分の姉と再婚しなかったら、このわたしを殺すとはっきりと言いました。刑事さん、怪しい姉弟をちょっと調べてくれませんかね」

「わかりました。夕方にでも、相棒とご自宅にお邪魔します」

「よろしくお願いします」

押坂は見えない相手に深く頭を下げ、電話を切った。

3

上司の鼾《いびき》が耳障《みみざわ》りだ。

速水絵美は、わざと机の上のスクラップブックを床《フロア》に落とした。

真向かいの席で居眠りをしていた多々良忠《たたらただし》が目を覚まして、きまり悪そうに笑った。

大手アパレルメーカーの総務部別室である。五十三歳の多々良は室長だ。部下は絵美しかいない。

「あんまり退屈なんで、つい居眠りをしちゃったよ」

「起こしてしまって、ごめんなさい」

「いいんだよ。気にしないでくれ。それにしても、会社も陰険《いんけん》なことをやるね。企画室でいい仕事をしてた速水さんまで、ここに幽閉《ゆうへい》するなんて」

「新聞や雑誌の切り抜きをしてるだけで給料を貰えるんだから、楽でいいですよ」

絵美は負け惜しみを言った。

「相変わらず、勝ち気だね。才色兼備《さいしょくけんび》のきみが閑職《かんしょく》に追いやられて、満足してるわけない。腹の中は煮《に》えくり返ってるんだろう?」

「ええ、それはね」

「わたしがここに追いやられたのは、仕方ないんだ。会社の不正に目をつぶれなくなって、内部告発しちゃったわけだからね」

「噂によると、多々良室長は会社が中国で一貫生産させた婦人服に自社ブランドのラベルを縫《ぬ》いつけてた事実を業界紙にリークしたとか？」

「ああ、その通りだよ。そういう狡い商売をしてたら、わが社のイメージダウンになると思ったんだ。目先の利潤《りじゅん》を追って不正に手を染めてたら、ユーザーに必ずそっぽを向かれるときがくる。わたしは正義感に衝《つ》き動かされたというよりも、この会社が倒産することを恐れたんだよ。ずっと停年まで勤めたかったんで、内部告発で役員たちに警告を発したんだ。自分で言うのは妙だが、愛社精神があったんだと思うよ」

「そうなんでしょうね。そうでなければ、わざわざ損な役回りを演じるわけないですものね」

「速水さんはわかってくれてるな。会社を辞める気で内部告発したんじゃないんだ。会社をよくしたかったんで、敢《あ》えて裏切り行為に走ったんだよ」

「直属の上司だった販売部部長がラベルの貼《は》り替えを次長に指示してたとか？」

「そうなんだよ。次長代理だったわたしがトップに直訴《じきそ》するなんてことはできないから、知り合いの業界紙記者にリークしたんだ」

「そうだったんですか」

「アパレル業界に妙な噂が広まれば、当然、会社は内部調査をすると思ったんだよ。ところが、会社は何もしなかった。その間に部長と次長は中国の合弁会社に飛んで、不正の事実を巧《たく》みに揉み消してしまったんだ」

「それで、室長はここに……」

「ああ、そうなんだ。部長はトップに頼んで割増退職金を出させるから依願退職をしてくれと何度も頭を下げたが、わたしはイエスと言わなかった。わたしは間違ったことをしたわけじゃないからね。辞める必要なんかない。そうだろう？」

「ええ」

「露骨な厭《いや》がらせをされたが、わたしは意地でも停年まで居坐《すわ》るつもりだよ。本音を言えば、退職して再出発したいんだが、もう若くないからね。わたしはまだ息子が大学二年で、下の娘は高二なんだ。子供たちが就職するとき、父親が派遣社員だったりしたら、ちょっと不利になるだろうからね」

多々良がそう言って、ショートホープをくわえた。

「ここに移られたのは二年前でしたっけ？」

「そう。きみが来るまでは、わたしだけだったんだよ。一年二カ月前に速水さんが来てくれたときは、なんか嬉《うれ》しかったな」

「……………」

「ごめん！　きみにとっては、最悪の人事異動だったよな」

「ええ、そうですね」

「速水さんがやったことも間違ってないよ。この会社は昔から賃金差別があって、同期でも男のほうが基本給がいい。それから、昇進面でも女性は差別されてる」

「ええ、そうですね。わたしたち女性は同期の男性社員よりも昇進が一、二年遅い。管理職になった同性は数えるほどです」

「寿《ことぶき》退社してしまう女性社員が多いからね」

「それにしても、女性の待遇は悪すぎます。だから、わたしは同性の有志や労組《ろうそ》と一丸となって、経営陣に掛け合ったんです」

「しかし、話し合いはつかなかったんだったね？」

「ええ、そうなんです。会社は有志の二人が勤務時間に組合の幹部と会ってたことをサボタージュと決めつけ、解雇しようとしたんです」

「で、きみらは不当解雇だと都労委《とろうい》に……」

「そうなんです。しかし、有志の二人は会社と闘うことに疲れ果ててしまって、結局は職場を去ることになっちゃったんです」

「そうだったな」

「残ったわたしは見せしめのため、島流しにされたわけです。だけど、負けません。

どんなひどい厭がらせをされても、しぶとく粘《ねば》ってやります」

絵美はことさら明るく言って、床からスクラップブックを拾い上げた。

多々良が短くなった煙草の火を消し、左手首に目をやった。絵美は釣られて、カルティエの腕時計を見た。午後五時を数分過ぎていた。

「速水さん、たまには一緒に居酒屋でもどう？」

「せっかくですが、きょうは都合《つごう》が悪いんです」

「五十過ぎのおっさんと飲んでも、そりゃ楽しくないよね。彼氏と小粋なカクテルバーで飲むほうがいいよな」

「二十代の女性社員にそんなこと言ったら、セクハラだって怒られちゃいますよ」

「おっと、そうだね。少し気をつけよう。速水さん、ごめんな」

「わたしは平気です。気にしないでください。もう小娘じゃありませんから。知らないうちに、三十一歳になってしまいました」

「速水さんは、ずっと若く見えるよ。せいぜい二十七、八歳だね。まずい！　これもセクハラになりそうだな。それじゃ、お先に」

多々良が椅子《いす》から立ち上がり、ビジネスバッグを抱えて別室から出ていった。

室長は別に悪い人間ではないが、ちょっとうっとうしい。

絵美は苦く笑って、キャスターマイルドに火を点けた。ゆったりと一服していると、バッグの中でスマートフォンが着信音を刻みはじめた。

絵美は煙草の火を消し、手早くバッグからスマートフォンを掴み出した。ディスプレイを覗く。発信者は稲尾若葉《いなおわかば》だった。聖和女子大時代からの友人だ。若葉は大手計器メーカーの広報部に勤めている。まだ独身だ。

「絵美、今夜つき合ってよ」

「何かあったみたいね」

「例の男と別れることにしたの」

「不倫がバレちゃった？」

「ううん、そうじゃないの。彼ね、ロンドン支店に転勤することになったんだって。奥さんと三歳の息子を連れて、四、五年向こうで暮らすことになったらしいのよ。だから、もう終わりにしたいって、さっきメールで……」

「メールで⁉」

「そう。わたしたち、半年ぐらい前からなんとなくぎくしゃくしてたのよ。わたしが彼に離婚してくれなんて泣いて頼んだせいでしょうね」

「先方は最初から家庭を棄《す》てる気はなかったわけか」

「口では、わたしにいろいろ夢を見させてくれたんだけど、バツイチになることにどうも抵抗があったみたい」

「世間体を気にするような男は、見込みないわよ。若葉、別れて正解だったんじゃない？」

「そうは思ってるんだけど、濃密《のうみつ》な二年間だったから、少し立ち直るのに時間がかかりそうなの」

「失恋の痛手なんか、じきに癒《い》えるわよ」

「絵美は勁《つよ》いわね」

「こっちは二度も離婚してるから、そりゃ勁いわよ」

「学生結婚した相手は、テレビの構成作家だったっけ？」

「そう。将来は、ドラマ作家に化《ば》けると思ってたんだけどね。向上心のない奴で、クイズ番組やトーク番組の台本書きで満足して、売れないタレントの女の子たちを口説《くど》きまくってたの。七カ月で、ジ・エンドだったわ」

「二度目の旦那は、確かファッションデザイナーだったわよね？」

若葉が確かめるように問いかけてきた。

「正確には、デザイナーの卵よ。ろくに収入なんかなかったもん」

「絵美は駄目な男に惚れやすいタイプだからね。母性愛が強いんだろうな」

「自分ではよくわからないんだけど、クリエイティブな仕事に情熱を傾けてる男たちに惹かれる傾向があることは確かね」

「絵美はルックスも頭もいいから、いろんな面で自信があるんだろうね。でも、少し慎重になりなよ。三度目の旦那が売れない役者とかミュージシャンだったら、絵美、一生、苦労させられるから」

「いくらなんでも、もう同じ過《あやま》ちは繰り返さないわ」

「デザイナーとも、一年ちょっとしか保《も》たなかったんでしょ？」

「一年三カ月だったかな。バツ2のハンディがあるせいか、最近は男運が悪いのよ」

「また、また！　絵美なら、選《よ》り取り見取りでしょうが？」

「ううん、全然よ。スポーツクラブで見かける四十男が熱い視線を送ってくるけど、わたしの好《この》みじゃないしね」

「やっぱり、売れないクリエイターなの？」

「ううん、投資顧問会社でファンドマネーを運用してるトレーダーみたいよ。噂によると、年収六億円も稼いでるスーパーサラリーマンらしいわ」

「その彼、買《か》いなんじゃない？　結婚したら、セレブの仲間入りでしょうが。絵美、とりあえず、そのトレーダーと三度目の結婚をしなよ。それで相手に飽《あ》きたら、別れればいいじゃないの。慰謝料《いしゃりょう》だけでも、遊んで暮らせるんじゃない？」

「そこまでプライドを棄てる気はないわ」

「だったら、そのスーパーサラリーマンをわたしに紹介して」

「若葉、本気で言ってるの⁉」

「うん、半分はね」

「呆《あき》れた！」

「その話はともかく、麻布《あざぶ》十番のいつものビストロで七時に落ち合える？」

「うん、オーケーよ。それじゃ、後でね」

絵美は通話を打ち切って、また煙草に火を点けた。


靖国《やすくに》通りを折れる。

覆面パトカーのスカイラインは、区役所通りに入った。新宿だ。

成瀬隆司は助手席にゆったりと腰をかけていた。運転しているのは梶だった。二人は数十分前に押坂宅を辞去し、和久井陽介が所属している組事務所に向かっていた。

黄昏《たそがれ》が迫っている。ネオンやイルミネーションが瞬《また》きはじめていた。

「成瀬さんは、押坂の話をどう思いました？」

梶が訊いた。

「どうって？」

「和久井陽介って、関東一心会大石組《かんとういっしんかいおおいしぐみ》の組員が押坂佳奈を殺《や》ったんですかね？　押坂はそう思い込んでるみたいだったけど」

「まだ何とも言えないな。ただ、和久井って奴の犯行だったとしても、六月と八月の事件《ヤマ》には絡んでないだろう」

「そうでしょうか。ひょっとしたら、和久井には三人の被害者を始末しなければならない理由《わけ》があったのかもしれませんよ」

「おれは、そうは思わない。ただの勘だがね」

「そうですか」

二人の間に沈黙が落ちた。

公用車は風林《ふうりん》会館の角から、花道《はなみち》通りに入った。少し先のさくら通りを左折すると、前方左手に大石商事のビルが見えてきた。ありふれたオフィスビルのたたずまいだが、広域暴力団の二次団体の事務所だ。六階建てだった。

梶がビルに車を横づけした。

成瀬は先に覆面パトカーを降り、組事務所に足を踏み入れた。スーツ姿の若い男が五人、事務机に向かっていた。堅気を装っているが、ひと目で筋者《すじもの》とわかる。

「警察の者だ。和久井陽介がいたら、呼んでくれないか」

成瀬は最も近くにいるオールバックの男に声をかけ、警察手帳をちらりと見せた。

そのとき、梶が入ってきた。

居合わせた男たちが一斉《いっせい》に緊張した顔つきになった。

「手入れじゃないから、安心しろ。和久井にちょっと確かめたいことがあるだけだ。きょうは、まだ事務所に顔を出してないのか？」

「はい。和久井の兄貴は、まだ自分のマンションにいると思います」

「家《ヤサ》はどこにあるんだ？」

「大久保二丁目にある『カーサ大久保』の三〇三号室が兄貴の自宅です」

「ありがとよ」

成瀬は相手に言って、梶と組事務所を出た。

二人は覆面パトカーに乗り込み、大久保二丁目に向かった。五分ほど走ると、教えられたマンションが見つかった。三階建ての低層マンションだった。

成瀬たちは集合郵便受けで和久井が三〇三号室に住んでいることを確認してから、三階に上がった。

「宅配便を装って、ドアを開けさせましょう」

梶がそう言い、インターフォンを鳴らした。ややあって、スピーカーから男の声が流れてきた。

「誰だい？」

「ヤマネコ運輸です。宅配便のお届けですが、和久井さんですね？」

「ああ。いま、行くよ」

「はい」

梶がドアの横にへばりついた。成瀬もドア・スコープに映らない場所に移動した。

ドアが開けられた。

三十歳前後の崩れた感じの男が姿を見せた。梶が素早く相手の片腕を摑んだ。

「てめえ、何しやがるんだっ」

「警察の者だ。和久井陽介だな？」

「そうだけど、おれは何も危《ヤバ》いことはやってねえぞ」

「押坂さんを脅したろうがっ」

「あの野郎！」

「どうなんだっ。おまえは自分の姉の由紀と再婚しなければ、押坂さんを殺すと凄《すご》んだらしいな」

「ただの威《おど》しだよ。姉貴がぞっこんの男を殺《や》るわけにはいかないじゃねえか」

「人を脅迫しただけでも、刑法に触《ふ》れるんだ」

「勘弁してくれよ。おれ、成り行きでちょっと凄んだだけなんだ」

「それだけじゃないだろうが？」

「どういう意味なんだよ？」

和久井が小首を傾《かし》げた。

「押坂夫人の佳奈さんも殺《や》ったんじゃないのか。おまえは、押坂さんに犯行を匂《にお》わせるような言い方をしたそうだな？」

「そう匂わせたのは、押坂をビビらせたかったからだよ。あいつは、おれの姉貴と五年もつき合ってたんだぜ。それなのに、佳奈って女と結婚しやがった。ふざけた話だろうが」

「佳奈さんが殺された夜、おまえはどこで何をしてた？」

「アリバイ調べかよ⁉　冗談じゃねえぜ」

「質問に答えろ！」

「いやなこった」

「答えさせてやる」

梶が言うなり、和久井のチノクロスパンツのポケットに手を突っ込んだ。すぐに小型の折り畳みナイフを抓《つま》み出した。

「物騒《ぶっそう》な物を持ち歩いてるんだな」

成瀬は和久井に言った。

「そいつは、爪切《つめき》り代わりに使ってるんだ」

「そんな言い逃《のが》れが通用すると思ってるのかっ」

「くそ！」

「銃刀法違反で逮捕《パク》られたくなかったら、素直に答えるんだな」

「アリバイなら、ちゃんとあるよ。おれは事件のあった夜、あずま通りの『大三元《だいさんげん》』って雀荘《ジャンソウ》にいたよ。午後七時前から夜中の十二時近くまでな。嘘《うそ》だと思うんだったら、店の奴に確かめてみろって」

「そうしよう。それはそうと、おまえも姉さんも押坂さんに脅迫じみたことを言って、後妻にしろと迫ったらしいな」

「当然だろうがよ！　姉貴は、押坂に二回も妊娠させられたんだぜ。泣く泣く中絶したらしいけどな。そこまで姉貴は辛《つら》い思いをさせられたんだから、押坂との結婚を望んだっていいじゃねえか」

「気持ちはわかるが、通夜《つや》の会場に押しかけるのはやり過ぎだな。それから、組員の弟を使って、押坂さんをビビらせるのもよくない。そんなことまでして押坂さんの後妻になったとしても、おまえの姉さんが幸せになれるわけないよ」

「姉貴は寝ても醒《さ》めても、押坂だからね。あいつのどこがそんなにいいのか知らねえけどさ、死ぬほど好きみたいなんだよ。だから、女房にしてもらえるだけで、姉貴はハッピーなんだと思うね。だからさ、おれは何が何でも姉貴の夢を叶《かな》えてやりたかったんだ」

「麗《うるわ》しい姉弟愛《きょうだいあい》と称《たた》えてやりたいとこだが、二人とも常軌《じょうき》を逸《いっ》してる」

「うるせえ！　ほっといてくれ」

「まあ、いいさ。相棒が握ってる小型ナイフは没収するぞ」

「ちっ」

和久井が舌打ちした。梶が目を尖《とが》らせた。

「裏付《ウラ》けを取りに行くぞ」

成瀬は相棒に言って、先に三〇三号室から離れた。すぐに梶が追ってきた。

二人は『カーサ大久保』を出ると、スカイラインであずま通りに向かった。新宿区役所の裏手の通りだ。

雀荘『大三元』は雑居ビルの二階にあった。

成瀬たちは車を降り、古ぼけた雑居ビルの階段を駆け上がった。『大三元』の店主は、七十絡みの男だった。ほとんど前歯がなかったが、顔色は悪くなかった。てかてかと光っている。

梶が店主に警察手帳を呈示し、和久井陽介のアリバイを調べた。事件当夜、和久井はずっと店内で卓を囲んでいたという。

複数の常連客が店の主と同じ証言をした。和久井に頼まれて、彼らが口裏を合わせたとは思えない。

二人は店主に礼を述べて、外に出た。

「和久井由紀が誰か知り合いの男に頼んで、押坂佳奈を殺害させたとは考えられませんか？」

「それはないだろうな」

「そうですかね」

「梶、その疑いが消えないんだったら、単独捜査してみろ。そうすれば、おれも自由に動き回れるからな」

「わたしがうっとうしくなったんでしょうが、離れませんよ」

梶がふざけて、腕を組んできた。成瀬は肘《ひじ》で梶の脇腹《わきばら》を打ち、覆面パトカーに歩み寄った。

4

エンジンが唸《うな》りはじめた。

だが、相棒の梶は車を発進させようとしない。

「どうしたんだ？」

成瀬隆司は問いかけた。

「やっぱり、和久井由紀のことが気になるんですよ」

「なら、おまえ、ひとりで探りを入れてみるんだな。おれは、ここで降りる」

「成瀬さん、それはないでしょう。自分たちは一応、コンビを組んでるんですから」

「一応な」

「あっ、言い方が悪かったですね。謝《あやま》ります」

「男がやたら詫《わ》びなんか入れるな」

「わかりました。それはそうと、成瀬さんもつき合ってくださいよ。由紀は通夜の会場に押しかけて、押坂敏直に自分を後妻にしろと強く迫ってるんです。そんな身勝手で無神経なことをする女なら、誰かに邪魔者の佳奈を始末させた可能性もあると思うんですよ」

「その実行犯が二件の手口を真似《まね》て、深谷さやかや児島夏海を殺した犯人の仕業に見せかけたのかもしれないってわけか」

「ええ、そうです」

「和久井由紀の自宅はどこにあったっけな？」

「目黒区中根《なかね》二丁目ですよ。東急東横線の都立大学駅の近くだと思います。マンション住まいです」

「そうか」

「由紀はフリーのスタイリストをやってるはずですから、多分、部屋にいると思うんです。ちょっとつき合ってくださいよ」

「おまえがそんなに引っかかるものを感じてるんだったら、つき合ってやろう」

「ありがとうございます」

梶が嬉しそうに言って、ようやく覆面パトカーを走らせはじめた。

明治通りに出て、山手《やまて》通りをたどり、目黒通りに入る。由紀の自宅マンションは閑静な住宅街の一角にあった。

南欧風の外観の九階建てだった。成瀬たちはマンションの前にスカイラインを駐《と》め、エントランスロビーに入った。出入口はオートロック・システムにはなっていなかった。管理人室もない。

由紀の部屋は七〇一号室だ。

二人はエレベーターで七階に上がった。梶が七〇一号室のインターフォンを鳴らすと、すぐに女の声で応答があった。

「どなたでしょう?」

「警視庁捜査一課の者です」

「えっ」

「和久井由紀さんですね?」

「は、はい」

「押坂佳奈さんの事件のことで、ちょっとうかがいたいことがあるんですよ。お手間《てま》は取らせません」

梶が言って、数歩退《さ》がった。オフホワイトのドアが開けられる。

現われた由紀は派手な顔立ちをしていた。円《つぶ》らな瞳《ひとみ》が印象的だ。おどおどしている。梶の勘が当たったのだろうか。

成瀬は会釈《えしゃく》し、由紀の顔から目を離さなかった。

「あなたは、かつて押坂さんの恋人だったそうですね？」

「ええ、五年ほど交際してました。でも、わたしの家庭環境があまりよくないんで、押坂さんは亡《な》くなられた佳奈さんと結婚したわけです。要するに、わたしは棄てられてしまったんですよ」

「しかし、あなたは押坂さんへの未練を断《た》ち切れなかった。それで佳奈さんの通夜があった晩、セレモニーホールに押しかけて、押坂さんに自分との再婚を強く迫ったわけですね？」

「どうして、それをご存じなの!?　彼が、押坂さんが警察に……」

「そうです。あなたにさんざん凄まれ、やくざ者の弟のことまでちらつかされたら、押坂さんも震え上がるでしょ？　陽介さんを押坂宅に行かせたのは、あなたなんだねっ」

梶が語気を強めた。

「わたし、そんなことさせてません。弟は、押坂さんに何を言ったんです?」

「あなたを後妻に迎えなかったら、殺すと仄《ほの》めかしたそうです」

「そんな脅し方をしたんですか。困った弟だわ。陽介は人様《ひとさま》に迷惑をかけるような生き方をしてますけど、とっても姉思いなんです。それで弟はわたしの幸せを願って、そんな過激なことを口走ってしまったんでしょう」

「弟さんも、押坂さんを殺す気はなかったと言ってましたよ。実はここに来る前に、大久保のマンションに行ったんです」

「そうなんですか」

「あなたは、押坂夫人の死を願ったことはありませんか?」

「刑事さん、何が言いたいんですっ」

由紀の表情が険《けわ》しくなった。

梶の訊き方はまずかった。成瀬は悪い予感を覚えた。

「誰かに頼んで、佳奈さんを始末してほしいと考えたことぐらいはあるでしょ? あなたは心の底から、押坂さんの妻になりたいと思ってたようだから」

「わたしが殺し屋を雇って、佳奈さんを始末させたとでも疑ってるのね。はっきり言って、押坂さんの奥さんが交通事故か何かで若死にしてくれればいいと思ってましたよ。だけど、誰かにそんなことを頼んだりしません。佳奈さんがこの世からいなくなればと強く思ったら、わたしが自分で殺しますよ」

「まさか、あなたが⁉」

「わたしは女ですよ。マスコミの報道によると、佳奈さんは殺される前に性的暴行を受けてたようじゃありませんか。女のわたしがどうやって、被害者の体内に精液を残せるんです？」

「あなたが実行犯ではあり得ないな。しかし、誰かに佳奈さん殺しを頼んだ可能性はあるわけだ」

「いい加減にして！　証拠もないのに、人を疑うなんて、人権問題だわ」

「あなたは通夜の会場に押しかけて、押坂さんに自分と再婚しろと迫った。そこまで図太い神経の持ち主なら……」

「臆測《おくそく》で物を言わないでちょうだい」

由紀が色をなし、ドアを閉めようとした。と、梶が抜け目なくドアとフレームの隙《すき》間《ま》に片方の足を突っ込んだ。

「もう失礼しよう」

成瀬は低く言って、梶の肩を軽く叩いた。

梶が不満顔で、足を引っ込めた。由紀が素早くドアを閉め、シリンダー錠を掛けた。

「彼女はシロだよ」

「なんでそう言い切れるんです？」

「もし佳奈を誰かに殺《や》らせてたら、もっと狼狽《ろうばい》しただろう。犯罪を数多く重ねてきた悪党なら、ポーカーフェイスでいられるだろうが、普通の人間は心の動揺が目に出ちまうもんさ。おれは由紀の目をずっと見てたが、何かをごまかそうとする動きはまったくなかった」

「シロですかね、和久井由紀は？」

「ああ、間違いないな。梶、引き揚げよう」

成瀬は先にエレベーター乗り場に向かった。梶が大股で追ってきた。

マンションを出たとき、成瀬の上着の内ポケットの中で刑事用携帯電話《ポリスモード》が鳴った。

成瀬は道端にたたずみ、ポリスモードを取り出した。

電話をかけてきたのは、野上管理官だった。

「少し前に碑文谷署の捜査本部が児島夏海殺しの重参の橋口伸太を釈放したらしい。証拠不十分でな」

「そうですか」

「板垣警部は歯噛《が》みしてるそうだ」

「でしょうね」

「それからな、昼間、〝平成の切り裂き魔〟と称する男が一一〇番してきて、深谷さやか、児島夏海、押坂佳奈の三人を殺害したのは自分だと告げたらしい。発信場所は港区内の公衆電話ボックスだ」

「そいつは、ボイスチェンジャーを使ってたんですか？」

「いや、送話孔にハンカチか何かを被せてたようだ。くぐもり声なんで、断定は難しいらしいんだが、そう若くはなさそうだという話だったな」

「そうですか」

「その男は数日前、毎朝新聞東京本社と日東テレビ報道部に犯行声明メールを寄せてた。両社とも独自に犯人を突きとめる気だったようだが、敵が尻尾《しっぽ》を出そうとしないんで、スクープ種《ネタ》を明かす気になったみたいだね」

「発信場所は？」

「ネットカフェだ。しかし、メール文はすでに削除されてた。発信者の指紋はパソコンからは検出されなかったんだ」

「そうですか」

「午後八時から捜査会議をやるんで、梶君と本部に戻ってきてくれ」

「わかりました」

　成瀬は電話を切ると、野上から聞いた話を相棒に伝えた。

「その男が真犯人《ホンボシ》なんですかね」

「ただのいたずらとは思えない。新聞やテレビが自分の犯行声明をなかなか報じないで、犯人は焦れて警察に電話したんだろう。挑戦状を叩きつけた気でいるにちがいない」

「そいつがどうやら犯人みたいだな。和久井由紀をあれ以上容疑者扱いしてたら、まずいことになってたでしょうね」

「梶、焦《あせ》るなって」

「はい」

梶が小学生のような返事をした。成瀬は顔を綻《ほころ》ばせた。

二人は、あたふたとスカイラインに乗り込んだ。


赤ワインを追加注文した。

三本目だった。麻布十番のビストロである。

速水絵美は奥まった席で友人の若葉と南仏の家庭料理をつつきながら、ワインを飲んでいた。

「三十女が昔の男たちの話をしながら、安ワインをガブ飲みしてる。どっから見ても、わたしたち、負け犬よね」

「若葉、他人の目なんか気にしちゃ駄目よ。たった一度の人生なんだから、自分らしく生きればいいんだって」

「わたしは、ちゃんと生きてるよ。だけどさ、たまに肩肘《かたひじ》張って生きてることに疲れを感じたりするの。絵美は、そういうことない？」

「あるわよ。わたしの父は弁護士で、母は教師だったでしょ？　だから、小さいころから両親に女も経済的に自立しなきゃいけないって言われてきた。それで、大学のとき、一応、教職課程も取ったのよ」

「だけど、教師には向かないって、絵美はわざと単位を落としたんじゃなかった？」

「そう。それが母にバレて、ヒステリックにお説教されたわ。教員の資格を持ってれば、喰いっぱぐれはないってね」

「絵美のお母さんは、男の経済力を当てにするような女性を軽蔑《けいべつ》してたからね」

「そうなのよ。誰にも束縛《そくばく》されることなく自由に生きたければ、まず女も経済的に自立すべきだって、しょっちゅう言われてたわ。そのせいで、かわいげのない女になってしまったのかもしれないわ」

「絵美は、かわいい女よ。すべての面で申し分ないわ」

若葉が言った。

そのとき、赤ワインが運ばれてきた。絵美はボトルを掴み上げ、先に友人のグラスにワインを注《つ》いだ。自分のグラスも満たす。

「そんなに持ち上げても、今夜もいつものように割り勘だからね」

「わかってるって。それよりさ、突っ張って生きてるときに疲れを感じた場合、絵美はどうしてるの？」

「アバンチュールでガス抜きをしてるのよ」

「ほんとに⁉」

「ええ。なんにも考えずに、ワンナイトラブに熱中すると、案外、元気になるもんよ」

「大胆な息抜きね。絵美、怖《こわ》くないの？」

「ううん、別に。そういうアンモラルな性愛は、心と体を解き放ってくれるの。それから、スポーツクラブで思いっ切り汗をかくと、気分がすっきりするわね」

「でも、それだけでは完全にはフラストレーションは消えないでしょう」

「うん、そうね。バツ2だから、もう結婚には憧れはないけど、死ぬまで独りで頑張りつづけなきゃいけないと思うと、気が滅入ることもあるわ」

「わたしも別に結婚には拘《こだわ》ってないいんだけど、ずっと独り暮らしをするのはなんか耐えられないって感じね」

「そう」

「自立しなければと考えてる女たちは、何かと生きにくいわよね。なんだかんだといってもさ、いまだに男社会でしょ？」

「そうね。女が何か主張したりすれば、世間の風当たりが強くなる。万事に考え方が保守的な同性からも反発されたりするでしょ？」

「そう、そう！　そういう女たちは、むかつくよね？　女同士なんだから、エールぐらい送ってよと言いたくなる」

「そうよね。そういう女たちは、男の言いなりになってる振りをしてるだけなのよ。絵美、そう思わない？」

「思うわ。旦那や彼氏なんか掌《てのひら》の上で適当に踊らせておけば、波風《なみかぜ》なんか立たないと信じきってる。それじゃ、男たちを敬愛してるんじゃなく、うまく利用してるだけだわ」

絵美は怒りを込めて言い、ワインをぐっと呷《あお》った。

「わたしも、そう思う」

「そういう中身のない女たちの表面的な優しさに騙《だま》されてる男が多いことも、なんだか面白くないな。男なら、健気に生きてる女を優しく包み込むべきでしょ？」

「ほんとよね」

若葉が相槌《あいづち》を打った。

「わたしも、そういう頑張ってるひとりよ。総務部別室に飛ばされてもさ、プライドと意地を通し抜いてるわけだから」

「そうだね。絵美は偉い！　並のＯＬや主婦なんかよりも、何十倍も立派だよ。うん、カッコいい！　最高だよ」

「でも、女としてはあんまり幸せじゃないのかもしれない」

「絵美、弱気にならないでよ。いつものように凛《りん》としてなきゃ。亭主に喰わせてもらってる専業主婦なんか、真に生きてるとは言えないわ。違う？」

「若葉の言う通りなんだけど、妙に主婦たちの安心しきった生活ぶりが妬《ねた》ましくなるときがあるのよね」

「ちょっと疲れてるんじゃないの？」

「そうなのかもしれないわ」

絵美は真顔《まがお》で応じ、ワイングラスを口に運んだ。

「世の中の男どもは、女を見る目がなさすぎるわよ。いまだに良妻賢母タイプの女を高く評価してるでしょ？」

「そうね」

「そういうおとなしい女たちはコントロールしやすいんだろうけど、自我にめざめてるわけじゃないわ。男に媚《こ》びて、要領よく立ち回ってるだけよ」

「絵美の言う通りね。ある意味では、彼女たちは人形と同じじゃよ。パートナーの男に操《あやつ》られてるだけで、能動的に生きてるわけじゃない」

「意地の悪い言い方をすれば、家畜みたいなものだわ」

「絵美、うまいこと言うわね。実際、そうよ」

「女たちを人形みたいにしてしまったのは、長い封建社会のせいなんだろうけど、日本の男たちも救《すく》いがないわよね。依然として、従順な美人を妻や恋人にしたがるんだからさ」

「美人は得だけど、それだけで幸福になれる切符を手にできるなんて不公平だわ。各界の成功者が不細工な女を娶《めと》ったケースは珍しいはずよ」

「ええ、そうね。男は金と名声に恵まれたら、いい女を得られる。そういう成功者になびく打算的な女は最低だわ。そういうのが多いから、いつまで経っても、女たちは男よりも一段低く見られたりするのよ」

「まったくその通りね。自分の生き方がしっかりしてない女たちは全員、抹殺したいわ。若くて美しいことだけを武器にして、幸せをゲットしてる女たちは大嫌い！」

「玉の輿《こし》を狙《ねら》ってる女たちは全員、死刑にしたいよね？」

「ほんと、ほんと。そういう女がひとりもいなくなったとき、真の意味で女性は男性と同じ土俵に立てるんじゃないかしら？」

「そうかもしれない」

「懸命に自立しようとしてる女たちの足を引っ張ってるのは、低能な同性たちだわ。わたしは、そういう女たちは絶対に赦せない。もちろん、スタンスの定まってない男たちも認めたくないけどね」

「要するに、しっかりと生きてない男や女が多すぎるのよ。だから、わたしたちが苛々《いらいら》するんだわ」

「若葉の言う通り！　今夜は飲み明かそう」

絵美はワイングラスを高く掲《かか》げた。

第三章　透けた過去の秘密

1

カーテンを払う。

朝の光がサッシ窓越しに射《さ》し込《こ》んできた。眩《まばゆ》い。自宅マンションの書斎だ。

男はパソコンの前に立った。

メールの有無《うむ》を確かめる。〝ショコラ〟からのメールは届いていなかった。珍しいことだ。何かあったのだろうか。

男は、メール友達のことが気がかりだった。体調を崩して、寝込んでいるのか。そうではなく、有給休暇を取って旅でもしているのだろうか。

旅行だとしたら、女友達と一緒なのかもしれない。〝ショコラ〟は、だいぶ前にメールで特定な交際相手はいないと打ち明けた。

だが、あれは嘘《うそ》だったのか。

男の内部で、女性不信が頭をもたげた。

平気で嘘をつく女は少なくない。〝ショコラ〟には実は恋人がいて、その男と温泉地に出かけたのではないか。

そう思った瞬間、何やら嫉妬めいた感情を覚えた。〝ショコラ〟とは一度も会ったことがない。だいぶ前に男は〝ショコラ〟に写真を送信してほしいとメールで頼んだことがあった。

だが、メール友達は見せられるような顔ではないからと断ってきた。そんなこともあって、男は自分の写真も〝ショコラ〟に送っていない。

顔も知らないメール友達なのに、どうしてこんな気持ちになるのだろうか。初心《うぶ》すぎる気がする。

男は自分を嘲《あざけ》った。

パソコン通信には、不思議な魔力がある。一面識もない相手と頻繁《ひんぱん》にメールの遣《や》り取《と》りをしているうちに親しみを感じるようになる。

相手が同性の場合は、昔からの友人のように思えてくる。相手が異性なら、ガールフレンドや従妹《いとこ》のように感じたりする。

実際、メールを介して擬似《ぎじ》恋愛が生まれている。自分は〝ショコラ〟に恋心を懐《いだ》きはじめているのだろうか。そんなはずはない。〝ショコラ〟は単なるメール友達だ。

男はそう思いながら、〝ショコラ〟に安否《あんぴ》を気遣うメールを送信した。

書斎を出て、ダイニングキッチンに立つ。男は手早くコーヒーを淹《い》れ、ミックスサンドをこしらえた。それから玄関ホールに向かい、ドア・ポストから朝刊を取り出した。

朝食を摂《と》りながら、朝刊の社会面に目をやる。毎朝新聞だった。

男は指を打ち鳴らした。〝平成の切り裂《さ》き魔〟のことが報じられていた。二段扱いの小さな記事だったが、なんとなく溜飲《りゅういん》が下がった気分だ。

警察に電話したので、新聞社は一連の新妻殺害事件の犯行声明のことを報じる気になったのだろう。日東テレビも多分……。

男は卓上のリモート・コントローラーを摑《つか》み上げ、チャンネルを日東テレビに合わせた。

朝のワイドショーが流されていた。少し待ってみたが、事件に関するニュースは伝えられなかった。男は次々にチャンネルを替えた。しかし、どの局もニュースは報じていなかった。

男はテレビの電源を切り、改めて新聞の記事を読んだ。

ネットカフェから送りつけた犯行声明文は、そっくり載《の》っていた。第一報という感じだったが、著名な犯罪心理学者の談話も添《そ》えられている。

コメンテーターは、メールの発信者が犯人である可能性は低くないと推測していた。

警察やマスコミは、果たして自分を割り出せるのか。面白くなってきた。

社会を騒がせることは、これほど愉《たの》しいのか。ぞくぞくしてきた。

それはそうと、速水絵美はきのう、とうとうスポーツクラブに来なかった。彼女に会えないと、つまらない。何か用事があって、一日だけトレーニングを休んだのだろうか。

男は片想いの相手のことを考えながら、朝食を済ませた。

汚れた食器をシンクに運び、手早く洗う。ハンドタオルで手を拭《ふ》いていると、居間のインターフォンが鳴った。男はリビングに歩《ほ》を運び、壁掛け式の受話器に腕を伸ばした。

「おはようございます。『プリティー・キューピッド』の佐堀でございます」

「社長、どういうつもりなんですっ。エグゼクティブコースのサクラ会員にはならないとはっきりと断ったでしょうが！」

「ええ、憶《おぼ》えてますよ。それはそうと、最近、四日市のご実家に久しく帰省されてないようですね？」

「どういうことなんです？　広告塔の件とは何も関係がないでしょ！」

「それがあるんですよ。実はわたし、きのう、あなたのお母さまにお電話差し上げたんですよ。お母さまにあなたを説得してもらいたくてね」

「それで?」

「お母さま、だいぶ困ってたようですよ」

「困ってた?」

「ええ。悪質なリフォーム詐欺《さぎ》に引っかかって、二千万円も要求されたんですよ。そのリフォーム業者は名古屋の中京会《ちゅうきょうかい》の企業舎弟《フロント》だったんです。その話を聞いて、わたし、二千万のリフォーム代を肩代わりしてあげたんですよ」

「ほんとなんですか!?」

「もちろんですよ。お母さまはリフォーム業者から請求額を一括《いっかつ》で支払わなければ、自宅に火を点《つ》けると脅迫されて、とても怯《おび》えてたんです」

佐堀が言った。

「余計なことをしないでほしかったな」

「そんな言い種《ぐさ》はないでしょ。わたしは、あなたのお母さまを窮地《きゅうち》から救《すく》って差し上げたんですよ」

「いま、ドアを開けます」

男は受話器をフックに掛けると、玄関に急いだ。

ドアを開け、『プリティー・キューピッド』の社長を請《しょう》じ入れた。二人はコーヒーテーブルを挟んで向かい合った。

男は詳《くわ》しい話を聞いてから、四日市の実家に電話をかけた。

独《ひと》り暮らしをしている母が受話器を取ったが、とんちんかんな受け答えをした。五年前に夫を亡《な》くしてから、母は少しずつアルツハイマー型認知症の徴候が出るようになってしまった。昼間は隣町に嫁《とつ》いだ長姉が母親の世話をしてくれている。

男は佐堀から聞いた話の真偽を確かめた。少し時間はかかったが、事実であることがわかった。

「なんで、このおれに相談してくれなかったんだ?」

「相手は堅気《かたぎ》じゃないみたいだったから、子供たちには迷惑かけたくなかったのよ」

「だからって、見ず知らずの他人に二千万円も肩代わりしてもらうなんて、どうかしてるよ」

「けど、佐堀って方は、あんたに何か頼みごとがあるとか言ってたの。それで、肩代わりする二千万は謝礼のほんの一部だという話だったんで、リフォーム業者の銀行口座番号を教えてしまったのよ」

「なんてことを……」

「あんたに迷惑かけてしまったんだね。ああ、どうしよう⁉　ごめんよ。わたしが死んだら、ここの土地を売っておくれ。二千数百万にはなるだろうから、それで勘弁して」

「肩代わりしてもらった二千万は、おれがなんとかするよ。その代わり、おかしなリフォーム業者や白アリ駆除《くじょ》業者なんかが訪ねてきたら、すぐおれに電話してくれるね？」

「わかったわ」

「そのうち、おふくろの顔を見に行くよ」

「うん、楽しみに待ってる」

　母が電話を切った。

　男はスマートフォンを懐《ふところ》に戻した。そのとき、佐堀が銀行の振込伝票を見せた。

「きのうの午後二時ごろ、リフォーム業者に二千万を振り込んでおきました。これは、そのときの控えです」

「きょう中に『プリティー・キューピッド』の口座に肩代わりしてもらった二千万を必ず入金します」

「そう堅いことをおっしゃらないでくださいよ。二千万円は会社の必要経費として、うまく処理します。その交換条件として、一億五千万円の謝礼で、うちの広告塔になってほしいんです。それで、なんとか協力してもらえませんかね」

「何度頭を下げられても、こちらの気持ちは変わりません」

「あなたがお金に不自由してないことはわかってますよ。しかし、お金は邪魔になるもんじゃない。そうでしょ？」

「しつこい方だ。お引き取りください」

「どうすれば、わたしの力になってくれるんです？　駆け引きはなしにしましょうよ」

「別に駆け引きをしてるわけじゃない。もうたくさんだっ。帰ってくれ。帰らないと、一一〇番するぞ」

男はソファから立ち上がって、玄関を指さした。

「せっかくの努力が無駄になってしまったか」

「早く帰れ！」

「わかりましたよ。立て替えた二千万、必ず振り込んでくれよな」

佐堀が言い捨て、腰を浮かせた。

男は無言で顎《あご》をしゃくった。


スープは和風味《わふうあじ》だった。

成瀬隆司は梶とカウンターに並んで、ラーメンを啜《すす》っていた。ＪＲ代々木駅から五、六百メートル離れたラーメン屋だ。

午後二時過ぎだった。客の数は、あまり多くない。

「なんか袋小路に入り込んじゃったみたいですね。成瀬さん、出発点に戻ってみましょうよ」

梶が箸《はし》を使いながら、聞き取りにくい声で言った。

「どっちかにしろ」

「え？」

「喰《く》うか、喋《しゃべ》るかだよ」

「すみません」

「出発点って？」

「殺された三人の被害者《マルガイ》は、『プリティー・キューピッド』の会員だったわけですよね？」

「ああ。連続新妻殺害事件の加害者は、『プリティー・キューピッド』と何らかの関《かか》わりがある？」

「ええ、そう思うんです。殺された三人にまったく相手にされなかった男性会員を徹底的に調べてみませんか。会社から会員名簿を借りて電話をかけまくってみるんですよ。そうすれば、被害者の三人を恨《うら》んでる奴《やつ》が浮かび上がってくるでしょう」

「それは、すでに所轄《しょかつ》の連中がやってるじゃないか」

「ええ、そうでしょうね。でも、聞き込みがラフだったんじゃないのかな」

「そんなことはないだろうが、現会員だけしかチェックしなかったのかもしれないな」

「成瀬さん、きっとそうにちがいありません。だから、怪しい会員が捜査線上にひとりも浮かんでこなかったんでしょう」

「会を辞めた男たちまでチェックしなきゃ、意味ないな」

「ええ。元会員をリストアップして、その連中のアリバイを調べてみませんか」

「そうしよう」

成瀬は同意して、黙々とラーメンを食べた。

二人は店を出ると、覆面パトカーを南青山に向けた。『プリティー・キューピッド』の本社ビルは、南青山二丁目の裏通りに面していた。

円錐形《えんすいけい》の八階建てのビルで、ガラスをふんだんに取り入れた斬新《ざんしん》なデザインだ。成瀬たちは覆面パトカーを来客用駐車場に入れ、受付で佐堀社長に面会を求めた。

「お約束のお時間を確認させていただけますか？」

「アポなしなんだが、どうしてもうかがいたいことがあるんだ。頼むから、取り次《つ》いでよ」

「わかりました」
二十五、六歳の受付嬢が、クリーム色の内線電話の受話器を取り上げた。
成瀬たちは受付カウンターから少し離れた。受付嬢は二人だった。もうひとりは二十一、二歳だろうか。

「佐堀はお目にかかるそうです」

年上の受付嬢が告げ、かたわらの同僚に目配せした。

成瀬たちは、若い受付嬢に最上階の社長室に案内された。佐堀社長は五十七、八歳に見えた。両袖机《りょうそでづくえ》に向かって、書類に目を通している。

「お忙しいところを申し訳ありません」

成瀬は警察手帳を見せ、相棒を紹介した。

佐堀が立ち上がり、来訪者を総革張りの応接ソファに坐《すわ》らせた。自分は、成瀬の前のソファに腰かけた。

「一連の事件は、まだ解決してないんですね？　一部のマスコミが三人の被害者がうちの会員だったと暴露《ばくろ》したんで、商売上がったりですよ」

「それは、お気の毒なことで。早速ですが、こちらの会を辞めた男性会員の名前と連絡先を教えてほしいんです。そうだな、できれば過去五年間に退会した方すべてのね」

成瀬は言った。

「ちょっと待ってください。警察は、うちの元会員の男が三人の若妻に何か個人的な恨みがあって、犯行に及んだと考えてるんですか？」

「まず、それを疑ってみるのが捜査の基本ですんでね。最近は通り魔的犯罪の件数も多くなってますけど、昔から殺人の動機は怨恨《えんこん》、色欲、金銭欲と決まってます」

「そうなんでしょうが、うちの男性会員はどなたも一流大学を出て、それぞれ社会的地位の高い職業に就いてるんです。もちろん、高収入も得てますし、人柄も保証できます」

「だから、犯罪とは無縁だとおっしゃりたいんでしょうが、そういう方たちも同じ人間です。平凡に生きてる連中と喜怒哀楽が違うわけではありません」

「それはそうですが、うちの会員だった方に限って……」

「ご協力願えますね？」

「しかし、個人情報に関する事柄なので、慎重になりませんと。一日だけ返事を待ってもらえませんか」

「こうしてる間にも、四人目の犠牲者が出るかもしれないんです。それが社長のお嬢さんや姪御《めいご》さんだったとしても、同じことが言えますかっ」

「まいったな。わかりました。協力しましょう。ちょっと失礼！」

佐堀が断って、ソファから立ち上がった。両袖机に歩み寄り、社内電話をかける。

佐堀は社員の誰かに過去五年間の男性退会者をリストアップするよう指示を与え、元の席に戻った。

「三人の被害者につきまとってた退会者は？」

梶が佐堀に訊《き》いた。

「わたしの知る限りでは、そういう奴はいませんでしたね。亡くなられた三人は、誰も争いごとは好《この》まないタイプだったんですよ」

「そうだったんですか。被害者の三人に繰《く》り返しデートを申し込んで、断られた男性会員は？」

「何人かいますよ。三人とも、人気がありましたからね。しかし、わたしの口からそういう会員のお名前を言うわけにはいかないな。どなたも、社会的に成功された方ばかりですからね」

「警察を信用してほしいな。捜査に必要な情報を外部に漏《も》らすなんてことは、絶対にありませんから」

「そうおっしゃられても、協力できません」

佐堀がきっぱりと言った。梶が頭に手を当て、微苦笑した。

その直後、社長室のドアがノックされた。佐堀が大声で入室を許す。

ドアが静かに開けられ、五十年配の男が入ってきた。一枚のプリントアウトを持っていた。

「社長、これがリストです」

「ご苦労さん！　もう下がってもいいよ」

佐堀が紙切れを受け取り、五十絡《がら》みの男に言った。彼は、じきに社長室から出ていった。

「これが退会した男性会員のリストです」

「拝見します」

成瀬はプリントアウトを受け取った。十三人の氏名と連絡先が明記されている。成瀬はざっと目を通し、退会者リストを隣の梶に手渡した。

梶がプリントアウトに視線を落としたとき、社長室の前で若い女の悲鳴がした。数秒後、社長室のドアが乱暴に開けられた。

成瀬と梶は、ほぼ同時に上体を捻《ひね》った。
三十八、九歳の男が一直線に佐堀社長に走り寄った。ブランド物のスーツを着ているが、ネクタイは結んでいない。
「き、きみは、去年まで会員だった草間《くさま》浩和《ひろかず》さんだな？」

佐堀が言いながら、立ち上がった。

「そうだ。なぜ、こっちの要求に誠意を見せないんだっ」

「きみを除名したからって、これまで払った入会金や会費をそっくり返済しろなんて、めちゃくちゃな話だ」

「当然の要求だろうが。わたしは会を一方的に辞めさせられたんだからな」

草間と呼ばれた男が言い返した。

「どこが不当なんだね？　きみは、うちに提出した書類で学歴を詐称《さしょう》した。京陽大を卒業してから、ニューヨーク大学に留学したことになってたが、こちらの調査で、それは事実ではないことが判明した。だから、除名処分にしたんだよ」

「三カ月だけ聴講《ちょうこう》したことは間違いないんだ。短期留学と書くつもりだったんだが、つい見栄《みえ》を張って一般留学と記してしまったんだよ。そのことは軽率《けいそつ》だったと思ってる。しかし、嘘つき呼ばわりされて、とっても傷ついたんだ。むろん、一方的な除名にもね。だから、入会金とパーティー会費の全額返済を内容証明書付きで求めたんだ。それなのに、無視しやがって」

「まともに取り合う必要はないと判断したからさ」

佐堀が鼻先で笑った。

すると、草間が腰に手を回した。上着の裾《すそ》が翻《ひるがえ》る。草間の手には、アイスピックが握られていた。

「おれはベンチャービジネスに失敗して、カプセルホテルを転々としてるんだ。五十万でもいいから、金を返してくれよ」

「断る。さっさと帰ってくれ」

「ふざけやがって。あんたをこいつで刺してやる」

草間が喚《わめ》いて、アイスピックを握り直した。佐堀が恐怖で顔を引き攣《つ》らせる。

成瀬は立ち上がりざまに、草間の利《き》き腕に手刀《しゅとう》打ちを見舞った。

草間が口の中で呻《うめ》いた。アイスピックが床に落ちた。すかさず梶が靴の底で押さえた。

「おれたち二人は警視庁の者だ。これ以上暴《あば》れたら、手錠を掛けることになるぞ」

成瀬は草間を睨《にら》みつけた。草間は急におとなしくなり、佐堀にくどくどと詫《わ》びた。

佐堀は、うっとうしげだった。

「後は、われわれに任せてください」

成瀬は佐堀に言って、草間の片腕を摑んだ。

梶がアイスピックを拾い上げ、草間の横に回った。成瀬たちは草間を表に連れ出した。

「おたくの名前も、退会者リストに載ってたな」

梶が草間に言った。

「刑事さんたちは何を調べてるんです？　もしかしたら、女性会員だった人妻が三人もたてつづけに殺《や》られた事件のことを……」

「そうだ。おたくがやったのかい？」

「悪い冗談はよしてください」

草間が眉根《まゆね》を寄せた。梶がリストを拡《ひろ》げて、草間に見せた。

「おたくのほかに十二人の氏名が並んでるが、被害者たちを快《こころよ》く思ってなかった男はいるのかな」

「どれ、どれ」

「疑わしいと思う奴がいたら、教えてほしいんだ」

「この三角功《みすみいさお》は獣医なんだけど、お見合いパーティーではいつも得意げに自分はドクターだと言ってたんですよ。それで最初のうちは女性会員に取り囲まれるんだけど、人間を診《み》る医者じゃないとわかったとたん、周《まわ》りの女性がいなくなっちゃうんですよ」

「そう」

「いま、思い出したんですが、かなり以前にこんなことがあったな。パーティーが終わりに差しかかったころ、殺された三人が三角を取り囲んで、最初っから獣医だと明かさないのは卑怯《ひきょう》だと抗議してましたよ」

「三角はどんな様子でした？」

「笑ってごまかしてましたが、目は怕《こわ》かったですね。お見合いパーティーの席で、三人に恥をかかされ、彼のプライドは傷ついてたはずです。そのことを恨みに思って、三角が三人の人妻を殺したのかもしれないな。獣医の彼なら、メスで被害者の喉《のど》を真《ま》一文字《いちもんじ》に切り裂くことはたやすいでしょうからね」

「そうだな。第三の事件現場には、セキセイインコの羽が落ちてた」

「それなら、三角が怪しいですよ」

草間が言った。

梶が目顔《めがお》で指示を仰《あお》いだ。成瀬はアイスピックは押収したが、草間を無罪放免にした。

「成瀬さん、獣医の動きをちょっと探《さぐ》ってみましょうよ」

「そうするか」

成瀬はうなずいた。

2

室長は風邪で欠勤していた。

総務部別室には、自分しかいない。

速水絵美は新聞の切り抜きを早々にやめ、すぐパソコンを起動させた。前夜のアルコールがまだ残っていて、頭がぼんやりとしている。

二日酔いには、スパイウェアが一番だ。

絵美は薄く笑って、キーボードを叩《たた》きはじめた。

スパイウェアとは、他人のパソコンに忍《しの》び込んで個人情報を盗み出すことだ。そのソフトのことも指《さ》す。不正な行為だが、他人のプライバシーを覗《のぞ》くことは愉しい。ちょっとした裏技《うらわざ》を使うだけで、パソコンユーザーの個人情報を楽に引き出すことができる。

相手の氏名、年齢、職業などは当然だが、ネットオークションでどんな物を落札したかもわかる。アダルト系のサイトにアクセスした人物の氏名や住所も、たちどころにわかってしまう。

その気になれば、他人のホームページの内容も勝手に改竄《かいざん》できる。それでいて、セキュリティーシステムには引っかからない。

政府機関のシステムはガードが固いが、民間企業や個人のコンピューターは裸も同然だ。企業や人間の裏面を盗み見ることはスリリングで、興味が尽《つ》きない。

絵美はおよそ一年前に行きずりの男と一夜を共にしたとき、スパイウェアの裏技を授《さず》かった。同《おな》い年だった相手は、コンピューター・プログラマーだった。

その翌日から、絵美はスパイウェアに励んできた。会社の役員、同僚、友人たちの私生活を覗くことに飽《あ》きると、彼女は不特定多数のパソコンに忍び込むようになった。どんな人間にも、表と裏の顔があった。本音や本性を垣間《かいま》見ることは、何よりも刺激的だった。

スパイウェアを愉しんでいると、別れた二度目の夫の大友翔平《おおともしょうへい》から電話がかかってきた。一つ年下だ。

「元気か？」

「ええ、わたしは元気そのものよ。翔平はどうしてるの？」

「デザイナーになる夢は諦《あきら》めたんだ」

「そう」

「それでさ、友人とアフリカの民芸品や衣料を輸入する会社を共同経営してるんだ。しかし、赤字つづきでさ、少し金を回してもらえないかな？　できれば、百万ぐらい貸してもらいたいんだ。仕事が軌道《きどう》に乗ったら、毎月十万円ずつ返すよ」

「何を言ってるの。わたしに慰謝料《いしゃりょう》を払う義務があるのよ、翔平には。結婚して、わずか数カ月で浮気したんだから」

「そのことでは、絵美を傷つけたと思ってるよ」

「ほんとに？」

「ああ。でもさ、絵美が一生、子供を産《う》めない体だと思ったら、なんだか張りが感じられなくなってしまってな」

「いまごろ、狡《ずる》いわよ。結婚するとき、病気で高校生のころに卵巣をそっくり摘出したことはちゃんと打ち明けたはずでしょ！」

「忘れちゃいないよ、そのことは。だけど、十年先、二十年先のことを考えると、なんか味気なく思えてさ」

「子供のできない女と早く別れたくて、浮気したわけね？」

「それだけが浮気の原因ってわけじゃなかったんだ。絵美が年上だってことはまったく気にならなかったんだけどさ、そっちは美人だし、頭もいいよな。だから、なんとなく気が休まらなかったんだよ。女房のほうが出来《でき》がいいとさ、男は疲れるもんなんだ。それに、おふくろが……」

　大友が口ごもった。

「やっぱり、孫の顔が見たいと言ったんでしょ？」

「絵美は、なんでもわかっちゃうんだな」

「そんなこと、誰だってわかるわ」

「そうかな。慰謝料の三百万は、いつか必ず払うよ。だから、とりあえず運転資金の百万を貸してくれないか。借用証、ちゃんと書くからさ」

「あなたも、三十歳になったはずよ。そろそろ男としての自覚を持たないとね。二十代の男の子みたいなことを言わないで」

「以前は、おれたち夫婦だったんだぜ。冷たすぎるよ」

「甘ったれないで。三百万の慰謝料を払ってくれたら、百万円貸してやってもいいわ。ただし、無利子じゃ駄目よ。年利二十パーセントだったら、運転資金を回してやってもいいけど」

「情《じょう》のない女だ。別れた旦那《だんな》が恥をしのんで、借金の申し入れをしてるんだぞ。普通だったら、なんとかしてくれるもんじゃないのか」

「甘ったれないでよ。救いようのない男ね。浮気相手に頭を下げて、なんとかしてもらったら？」

「あの女とは、先月、別れた」

「だったら、消費者金融にでも駆け込むのね」

「絵美、本気でそんなこと言ってんのか⁉」

「本気も本気よ」

「もう一回言うけど、おれたちは夫婦だったんだぜ」

「そういう考えが稚《おさな》いのよ。元夫婦だからって、どうだと言うの！　女はね、別れた男のことなんか思い出しもしないのっ。翔平がどうなろうと、わたしの知ったことじゃないわ」

「そうかい、わかったよ」

「悔《くや》しかったら、自力でお金を工面《くめん》するのね。慰謝料の三百万は出世払いでいいから、男としてプライドを持ちなさいよ」

絵美は言い放って、電話を切った。

少しきつく言い過ぎた気もするが、大友には発奮《はっぷん》の材料になっただろう。それにしても、なんと自分は男運が悪いのか。最初の夫も人柄はよかったが、男としては頼りなかった。わがままな子供がそのまま大人になったようで、呆《あき》れることがよくあった。それでも母性本能をくすぐられている間は、耐えることができた。だが、夫の子供っぽさが次第に鼻につくようになってしまった。そんなとき、最初の夫はいたずらをするように不倫に走った。

それを知ったとき、絵美はほとんどショックを受けなかった。むしろ、離婚の理由ができたことを喜んだ。

大人の包容力《ほうようりょく》を持つ粋《いき》なインテリが女子大生のころから理想の男性だった。これまでに幾人か、憧《あこが》れのタイプと知り合った。だが、彼らは自立心の強い絵美にはほとんど興味を示さなかった。

自分に言い寄ってくる男の多くは年下で、共通して甘えん坊だった。世間擦《ず》れしていない分、純粋さを感じさせた。

相手に好意を持っているときは、そういう青っぽさが輝いて見えた。しかし、誰も人間として奥行きがなかった。それがわかったとたん、関心が薄らいでしまう。もしかしたら、自分はこのまま年老《お》いて、死んでしまうのかもしれない。

絵美はそう考えると、名状《めいじょう》しがたい寂蓼感《せきりょうかん》に襲われた。

ストレスを発散しながら、できるだけ人生をエンジョイしよう。とりあえず、気分転換だ。

絵美は、ふたたびスパイウェアに熱中しはじめた。


三角動物病院は世田谷区池尻《いけじり》にあった。三宿《みしゅく》通りである。

世田谷公園の近くだ。梶が覆面パトカーをガードルールに寄せた。

成瀬隆司は先に車を降り、目の前に建つ二階家を見上げた。

看板に西陽《にしび》が当たり、セピア色に染まっている。一階がペットクリニックで、二階は三角院長の自宅になっているようだ。

「行きましょう」

梶が言って、三角動物病院のドアを押した。成瀬も院内に足を踏み入れた。

待合室は無人だった。梶が受付窓口で身分を明かし、看護スタッフに来意を告げた。
二十二、三歳の女性スタッフが奥に引っ込んだ。待つほどもなく、白衣をまとった小太りの男が姿を見せた。四十歳前だろう。
「院長の三角功さんですね？」

成瀬は警察手帳を呈示《ていじ》してから、穏《おだ》やかに問いかけた。

「ええ、そうです。何も悪いことをした憶えはないがな」

「単なる聞き込みですよ」

「どんな事件の聞き込みなんです？」

「『プリティー・キューピッド』の会員だった女性が六月、八月、九月と連続して三人も殺されましたでしょ？」

「ええ。ちょうど休診時間ですから、二階の住まいの方で話をうかがいましょう」

三角はいったん表に出て、外階段を上がりはじめた。成瀬たちは獣医の後《あと》に従った。

二階の間取りは、３ＬＤＫと思われた。成瀬たちは居間の布張りの長椅子《ながいす》に並んで腰かけた。三角は少し迷ってから、梶の前に坐った。

「殺された深谷さやかさん、児島夏海さん、押坂佳奈さんの三人はご存じでしょ？」

梶が三角に確かめた。

「ええ、三人とも知ってますよ。お見合いパーティーで何度も顔を合わせましたんでね」

「被害者の三人に対して、どういう印象を持ってました？」

「どうって……」

「あなたがパーティー会場で、最初は獣医であることを伏せて人間相手のドクターを装ってた。そのことで、三人の被害者に卑怯だと詰《なじ》られたことがあったそうですね？」

「別に女性会員を騙《だま》すつもりはなかったんですよ。初めっから獣医だと言ったら、損だと思ったんです。それで、単にドクターをやってると自己紹介したわけです」

「そうでしたか」

「エグゼクティブコースの女性会員は、人間相手の医師を狙《ねら》ってるのが多いですからね。職業別では、ドクターが断トツの人気なんですよ。それで、わたしも女性たちに取り囲まれてみたいと考えたんです」

「そうですか。あなたが三人の女性に咎《とが》められてるとこを見た男性会員の証言によると、三角先生は怒りを堪《こら》えてるように見えたというんです」

「三人に罵《ののし》られたんですから、それはいい気持ちはしませんでしたよ。しかし、こちらが誤解を招《まね》くような自己紹介をしたわけですから、反論する気はありませんでしたけどね」

「でも、腹は立ったでしょ？　大の男がお見合いパーティー会場で赤っ恥をかかされたんですから」

「あっ、そうか！　刑事さんたちは、そのことで、わたしが殺された三人を逆恨《さかうら》みしてたんじゃないかと考えて、ここに来たわけですね？」

三角が言って、梶と成瀬の顔を交互に見た。

梶が目顔で、救いを求めてきた。成瀬は小さくうなずき、獣医に顔を向けた。

「どうか気分を害さないでください。なんでも疑ってみるのが、われわれの仕事なんですよ。で、どうなんでしょう？」

「正直なところ、三人の言い方は気に入りませんでしたよ。彼女たちは人間相手のドクターよりも獣医のほうがランクが低いと遠回しに言ったんです。確かに入試に関しては一般医大より獣医大は通りやすいですよ。しかし、人間よりも動物が好きで獣医になるケースが圧倒的に多いんです。一般ドクターより、獣医のほうが頭が悪いわけじゃありません」

「わたしも、その通りだと思います」

「嬉《うれ》しいな、そう言ってもらえると。ただ、世間一般にはそういうランクづけをしてますよね。だからといって、三人に強い憤《いきどお》りを感じ、殺意を覚えたなんてことはないですよ。仕事柄、生命の尊さはわかってるつもりです」

「そうでしょうね。参考までに教えていただきたいんですが、三つの事件当日はどこで何をされてました？」

「アリバイ調べですか。わたし、パソコン日誌を打ってるんです。そっくり保存してありますから、それぞれ事件が起きた日の文章をお見せしましょう」

三角が立ち上がって、成瀬たちを隣室に導《みちび》いた。すぐにデスクトップ型のパソコンに向かい、キーボードを操作しはじめた。

成瀬は獣医の後ろに立ち、ディスプレイに目をやった。

深谷さやかが殺害された日、三角は東京にいなかった。大阪の獣医学会に出席し、梅田のシティホテルに泊まったと記述されていた。

児島夏海が犠牲になった当日は、自分の動物病院で夜間診療に当たっていたようだ。看護スタッフ名やペットの飼《か》い主の名も打ってあった。

押坂佳奈が亡くなった時刻には、近所のテニス仲間五人と二子玉川《ふたこたまがわ》のイタリアン・レストランで会食している。店の名はもちろん、仲間の氏名も付記してあった。

梶が必要なことを手帳に書き留《と》めた。

「何も疚《やま》しい点はありませんから、どうぞアリバイの裏付けを取ってください」

三角が半身を捻《ひね》って、成瀬に言った。

「そうさせてもらうつもりです。それにしても、克明に日誌を打たれてるんですね」

「小学生のころから、日記を書く習慣があったんです。それも、その日の出来事をできるだけ詳しく書くようにしてたんですよ。それで、大人になったいまも……」

「おかげで、こちらの裏付け捜査の手間《てま》が省《はぶ》けそうです」

「それはよかった」

「こちらに来る前に『プリティー・キューピッド』の佐堀社長にお目にかかったんですが、過去五年間に三角さんを含めて退会された男性会員が十三人もいるそうですね？」

「正確な数字は知りませんでしたが、辞めたメンバーがいることはわかってました。その大半は二年以上の古株《ふるかぶ》会員のはずです。何年も会員でいたら、自分が女にモテないことを会員たちに教えてるみたいでしょ？」

「そういうことになるのかな？」

「だから、退会した連中は別の結婚相談所に会員登録してるんですよ」

「そうですか」

　成瀬は口を結んだ。すると、梶が懐から退会者リストを抓《つま》み出した。

「このリストの中に、被害者の三人とトラブルを起こした奴はいませんか？」

「草間浩和という男はツーショットタイムになると、自分の席に回ってきた女性会員をデートにしつこく誘って結婚話を餌《えさ》にし、強引にホテルに連れ込んでるなんて噂《うわさ》がありましたね」

「そうですか」

「草間は単に口説《くど》くだけではなく、相手から必ず四、五十万借りてたみたいですよ。バイオ食品のベンチャービジネスで儲《もう》けてるようなことを言ってましたが、会社は火の車だったんでしょう。時期ははっきりとは憶えてませんが、さやかさんがパーティー会場で草間に貸した金の返済を迫ってたことがありましたね」

「深谷さやかさんはホテルで体を弄《もてあそ》ばれた上、少しまとまった金を貸してたんですかね？」

「おおかた、そうなんでしょう。草間は、ほかの二人の被害者にも同じことをやってたんだろうか。あいつはイケメンだから、女性会員に人気があったんですよ」

「草間さんの血液型はわかります？」

「確かA型ですよ。女性会員は割に血液型の相性《あいしょう》を気にするんで、以前、男性会員は名札の下に自分の血液型を記入してたんです。わたしはO型なんですが、草間と同じ血液型だったら厭《いや》だなと思ってたんで、パーティー会場で彼の名札を見たことがあるんですよ」

「そうですか。草間さんの靴のサイズまではわからないでしょうね？」

「ええ、そこまではちょっと……」

三角が苦笑しながら、首を横に振った。

「草間さんのほかに、女性会員と何かで揉《も》めたことのある退会者はいます？」

成瀬は問いかけた。

「ほかには知りません」

「そうですか」

「刑事さん、もうよろしいですか。夕方、猫の避妊手術があるんですよ。その準備がありますんで」

獣医が回転椅子から立ち上がった。

成瀬たちは礼を述べ、じきに辞去した。外に出ると、梶が口を切った。

「一応、三角のアリバイの裏付《ウラ》けを取るべきでしょうね。O型と言ってましたが、それを信じてシロと判断したら……」

「そうだな。三角がシロだとはっきりしたら、草間をマークしてみよう」

成瀬は言って、上着のポケットから煙草と簡易ライターを摑み出した。

3

裏付け捜査には、さほど手間取らなかった。

およそ一時間で、獣医のアリバイは立証された。成瀬隆司たちコンビは、六月に殺された深谷さやかの実家のある杉並区浜田山《はまだやま》に向かっていた。さやかの姉が婿《むこ》養子を取って、親の家を継《つ》いでいるはずだ。

覆面パトカーのスカイラインは、すでに杉並区内に入っていた。あと数分で、午後六時半になる。

「男の見栄って、哀《かな》しいですね」

梶がステアリングを操《あやつ》りながら、唐突《とうとつ》に言った。

「なんの話だ？」

「獣医の三角功のことですよ。彼が人間相手の医者のように振る舞ったのは、ちょっと見栄を張りたかったからでしょう?」

「だろうな」

「それはそうと、草間浩和が第一被害者の深谷さやかと金銭トラブルを起こしてたという三角獣医の証言通りだったとしたら、臭《くさ》いですかね」

「もちろん、それだけで連続新妻殺しの真犯人と決めつけることはできない。しかし、犯人かもしれないという疑いはあるよな?」

「そうですね。ですが、金銭トラブルだけで、刃物で喉を掻《か》き切るという残忍な殺し方をするものかな」

「その点は、疑問だね。もしかしたら、草間と三人の被害者の間には別の揉め事があったのかもしれないな」

　成瀬は言った。

「たとえば、どんなことでしょう?」

「三人の若妻は、それぞれ草間につきまとわれることにうんざりして、第三者に脅しをかけてもらったなんてことは考えられないかい?」

「ありうるかもしれませんね。草間は三人の逆襲に腹を立て、若い人妻たちを始末したんでしょうか?」

「ただ、草間が凶行に走るまで追い込まれてたかどうかだよな」

「ええ、そうですね」

　梶が口を結んだ。

　それから間《ま》もなく、深谷さやかの実家に着いた。梶が、実家の生垣《いけがき》の横に覆面パトカーを寄せた。

　成瀬たちは、さやかの実姉の静江《しずえ》との面会を求めた。応対に現われたのは、静江の夫だった。入り婿は三十七、八歳で、どこか気弱そうな印象を与える。

　成瀬と梶は、玄関ホールに面した応接間に通された。十畳ほどの広さだった。応接ソファセットは重厚だったが、だいぶ古かった。

　待つほどもなく、姉の静江が姿を見せた。さやかの実姉は三十四、五歳で、しっとりとした美人だった。静江は成瀬と向かいの位置に坐った。

「早速ですが、亡くなられた妹さんの口から草間浩和という名を聞かれたことはあります？」

　成瀬は問いかけた。静江の顔に動揺の色が宿《やど》る。

「草間のこと、ご存じなんですね？」

「は、はい」

「さやかさんとは『プリティー・キューピッド』のお見合いパーティーで知り合って、その後、何度かデートしたようですね？」

「ええ、まあ。妹はツーショットタイムのときに草間という男と話が弾《はず》んだんで、数日後に外で二人っきりで会ったようです」

「最初のデートの後、妹さんは草間のことをどんなふうに言ってました？」

「ベンチャービジネスで大成功した若手起業家はなかなか野心家で、頼もしいと言ってました。ですけど、二度目のデートをしてから、急に妹は暗い顔をするようになったんです」

「それは、どうしてだったんでしょう？」

「わたし、気になったんで、妹に直《じか》に訊いてみたんですよ。初めは言いたがらなかったんですが、やがて信じられないような話を口にしました」

「差し支《つか》えない範囲で結構ですんで、その話を聞かせてください」

「はい。草間は妹が化粧室に入った隙《すき》に、レストランバーでワインの中に強力な睡眠導入剤を入れたようなんです。さやかはまともに歩けなくなってしまって、草間にホテルに連れ込まれたそうです」

「それで？」

「草間は西洋剃刀《かみそり》で妹の衣服を切り裂き、力ずくで……」

「妹さんは乱暴されてしまったんですね？」

「は、はい。その上、デジタルカメラで全裸写真を撮《と》られてしまったそうです。その弱みをちらつかされて、その後、妹は何度かホテルに呼びつけられたんです。そして、さらに数十万円単位のお金をせびられたらしいんですよ。草間はお金は借りると言ったそうですけど、それっきりになってしまったようです」

「悪い奴だな」

「お金をせびられたのは、一度きりではなかったようです。妹は具体的な金額は言いませんでしたけど、二、三回無心《むしん》されたみたいですね」

「妹さんは、あなたにお金のことだけしか言わなかったんですか？」

　成瀬は質問を重ねた。

　静江がうろたえ、目を伏せた。

「草間はお金以外のことでも、妹さんを苦しめたんですね？」

「は、はい。草間は『プリティー・キューピッド』の会員だった児島夏海さんと妹を同じホテルに呼びつけて、レズプレイを強《し》いてから二人を相手に……」

「アブノーマルなプレイを愉しんだんですね？」

「ええ」

「草間の餌食《えじき》になったのは妹さんと児島夏海さんだけだったんだろうか。先日、殺された押坂佳奈さんの名を妹さんの口から聞いたことは？」

「その方のことは一度も聞いた記憶がありません。草間が三件の新妻殺害事件に関与してるんですか？」

「その疑いはありそうですね。ところで、その後も草間は理不尽《りふじん》な要求を妹さんにしたんだろうか」

「いいえ、その後は遠ざかったようです」

「さやかさんが何か反撃したんでしょうかね？」

梶が口を挟んだ。

「特にそういうことはなかったと思いますよ」

「そうですか。草間に弄ばれた女性会員の誰かが何か対抗策を講じたから、彼が逆上して凶行を重ねたとも考えられなくもないんですよね」

「はあ」

「くどいようですが、妹さんの知り合いに暴力団関係者とか捜査機関の者はいないですね？」

「ええ、いないと思います」

静江が答えた。これ以上は何も手がかりを得られないだろう。成瀬はそう判断し、梶とともにほどなく辞去した。

二人はスカイラインに乗り込んだ。

「成瀬さん、草間の自宅に行ってみましょうよ。捜査資料によると、草間は下目黒五丁目の賃貸マンションに住んでるはずです」

「しかし、草間はカプセルホテルを転々としてるようだったぜ。自宅に張りついても、時間の無駄だろう。会社は、どこにあるんだったたっけな?」

「北品川六丁目ですね」

「先に会社に行ってみよう」

成瀬は言った。梶が短い返事をして、覆面パトカーを走らせはじめる。

目的地に着いたのは小《こ》一時間後だった。

しかし、草間が経営していた食品バイオ会社のオフィスは商業ビルから退去していた。移転先は記《しる》されていなかった。

「仕方ない、自宅に行ってみよう」

「了解です」

梶がすぐさま車を出した。

下目黒のマンションに着いたのは、およそ二十五分後だった。草間は、まだ自宅まで引き払ってはいなかった。

だが、借りている五〇五号室は真っ暗だった。一階の集合郵便受けには、金融機関の督促状が何通も溜《た》まっていた。

草間は借金で首が回らなくなって、カプセルホテルを泊まり歩いているようだ。成瀬たちは車の中で張り込みながら、手分けして草間の血縁者や知人宅に電話をかけつづけた。

だが、草間の居所はわからなかった。

「着替えを取りに部屋に戻ってくるかもしれませんから、少し張り込んでみますか?」

「そうしよう」

成瀬は年下の相棒に言って、煙草をくわえた。


息が上がった。

ちょうどメニューをこなし終えたときだった。男は呼吸を整えてから、トレーニングジムを出た。

今夜も、憧れの女性はスポーツクラブを休むつもりなのか。

男は筋肉を鍛《きた》えながら、絶《た》えず目で速水絵美の姿を探しつづけた。しかし、ついに絵美は現われなかった。

男はシャワーで汗を流し、衣服をまとった。ロッカールームを出たとき、なんとなく地下のプールを覗いてみる気になった。

男はエレベーターで、地階に降りた。

プールに目をやった瞬間、顔が綻《ほころ》んだ。絵美がきれいなフォームで泳いでいた。クロールだった。

濃紺の水着が肌の白さを際立《きわだ》たせている。肢体《したい》はすんなりと長い。

男は何かに吸い寄せられ、われ知らずにプールサイドまで進んでいた。

プールには、十人以上の男女がいる。だが、男は絵美から視線を逸《そ》らさなかった。

泳ぎ方は流麗《りゅうれい》そのものだが、スピードもあった。惚《ほ》れ惚《ぼ》れするようなクロールだった。

自分もプールに入りたくなった。

男はロッカールームに引き返し、競泳用のスイミングパンツを穿《は》いた。

すぐさま地階のプールに戻り、水の中に入る。絵美のいる位置を目で確かめてから、男はゆっくりと平泳ぎで水を掻きはじめた。

じきに絵美がターンした。

男は立ち泳ぎをしながら、絵美を眺《なが》めた。近くで見ると、彼女の体はセクシーだった。乳房はたわわに実り、ウエストのくびれが深い。太腿《ふともも》はむっちりとしている。

男は、ふたたび泳ぎだした。五十メートルのプールを二往復すると、すでに絵美はプールの縁《ふち》に腰かけていた。

勇気を出して、きょうこそ話しかけてみることにした。

男はさりげなく絵美に近づいた。目が合うと、彼女はほほえんだ。ぞくりとするほど魅惑的な微笑だった。

「さっきのクロール、みごとでした。フォームは保《たも》たれてましたし、スピードもありましたよ」

「ありがとう」

「学生時代、水泳部にいたんでしょ？」

「いいえ」

「でも、水泳は小さなころから……」

「ええ。幼稚園《ようち》に入ると同時に、スイミングクラブに通わされたんです。水難事故に遭《あ》ったときに泳げないと困るからって、母に無理矢理にね」

「そうだったんですか」

「ちゃんと泳げるようになるまでプール通いが厭《いや》で、よく仮病《けびょう》を使ったわ」

「そう。わたしは、中一まで泳げなかったんですよ。五つか六つのとき、親類の者にいきなりボートの上から海に投げ込まれたんです。そのとき、溺《おぼ》れそうになったんでね」

「それで、水が怖くなったのね？」

「ええ、そうなんです」

「そういう話は、以前にも誰かから聞いたことがあるわ」

「そうですか。いつか完璧なクロールを教えてもらいたいな。一応、クロールでも泳げるんですけど、すごく下手なんです。あなたのようにカッコよく泳げるようになりたいんですよ」

「他人《ひと》に教えるなんて、とてもとても」

「謙遜《けんそん》なさらないで、教えてくださいよ。レッスン料を払ってもかまいません」

「お金なんて……」

「厭味《いやみ》たらしいことを言ってしまいました。仕事でファンドマネーを動かしてるもんだから、つい相手に損をさせてはいけないと考えてしまうんですよ」

「あなたは、凄腕《すごうで》のファンドマネージャーなんですってね？　インストラクターの方に教えてもらったんです」

「たまたま運に恵まれただけですよ」

男は言って、名乗った。

「わたしは速水、速水絵美といいます」

「実は、あなたのお名前はもう知ってるんです。といっても、不審に思わないでください。ストーカーめいたことをして、あなたの身許《みもと》を調べたわけじゃありませんから」

「どうして、わたしの名をお知りになったの？」

「あなたはこのスポーツクラブのアイドルだから、男性会員やインストラクターは全員、お名前を知ってますよ」

「アイドルなんて言われると、なんだかからかわれてるみたいだわ。わたし、もう三十女なんですよ」

「二十代にしか見えないな。まだ結婚はされてないんでしょ？」

「現在は独身よ」

「ということは、離婚歴がおありなんですね？」

「ええ」

「わたしはもう四十一なんですが、一度も結婚したことがないんですよ」

「女性には、あまり関心がないのかしら？」

「関心はありますよ、ものすごくね。ただ、無防備に相手を信じることができないんです」

「過去に苦い思いをさせられたことがあるみたいね」

「ええ、そうなんです。それ以来、女は嘘つきだという思いが頭の中にこびりついてしまって」

「それは不幸なことね。確かに二枚舌を使う女性は少なくないかもしれないけど、すべてがそうじゃないわ。愚直なほど誠実な女性もいるはずです」

「速水さんは、嘘なんかついたことがなさそうだな」

「どう答えるべきなのかしら？　イエスと答えたら、嘘になっちゃう。正直に告白すれば、罪のない嘘はいっぱいついてきたわ。だけど、他人を騙すような嘘はついたつもりはないわね」

「でしょうね。唐突ですが、一度ゆっくりとお話ししたいな」

「それ、デートの申し込みですか？」

　絵美が笑顔で確かめた。

「そう思ってもらっても結構です。もう彼氏がいるのかな？」

「男友達は何人かいますけど、恋人と呼べるような相手はいません」

「それだったら、一度、食事でもつき合ってくれませんかね」

「考えてみます」

「いい返事を待ってます」

　男はプールから出て、絵美から遠のいた。もっと彼女のそばにいたかったが、痩《や》せ我慢したのである。

　シャワーを浴び、手早く身繕《みづくろ》いする。スポーツクラブを出ると、いつになく烈《はげ》しい性衝動《リビドー》を覚えた。水着姿の絵美を間近《まぢか》で見たからだろう。

　男は表通りに出て、タクシーを拾った。飯田橋にあるシティホテルに部屋を取り、馴染《なじ》みのデートクラブに電話をかけた。

　男はいつもの偽名を使い、新入りのデート嬢を回すように頼んだ。デートクラブは現役のテレビタレントやモデルのほかに、社長秘書、キャビンアテンダント、アナウンサーなどを三十人ほど抱えていた。泊まりでベッドパートナーを呼ぶと、最低でも十五万円はかかる。二時間のショート料金は八万円だ。

今夜は、ショートで遊ぶつもりだった。どんな新人デートガールがやってくるのか。男は素肌に白いバスローブをまとって、紫煙《しえん》をくゆらせはじめた。いつか絵美を抱ける日が訪れるのか。それとも、その願いは夢で終わってしまうのだろうか。

部屋のチャイムが鳴ったのは、二十数分後だった。

男は、すぐにドアを開けた。派遣《はけん》されたデート嬢は二十歳そこそこだった。彫《ほ》りの深い顔立ちで、背も高い。親のどちらかが白人なのだろう。

「初めまして。ジュディです。一応、モデルなんだけど、本業だけじゃ、まだ食べられないの」

「そう。よろしくな」

「一緒にシャワーを浴びます？」

「おれは、別の所でシャワーを浴びたんだ。きみだけ、ざっとシャワーを浴びろよ」

「そうさせてもらいます」

ジュディと名乗ったデートガールはそう言い、バスルームに消えた。

ツインベッドの部屋だった。男は壁際《かべぎわ》のベッドに大の字になって、脳裏《のうり》に水着姿の絵美を蘇《よみがえ》らせる。たちまち下腹部に変化が生まれた。

昂《たか》まったものは、そのまま力を漲《みなぎ》らせつづけた。ジュディは十分も経《た》たないうちに、バスルームから出てきた。

一糸もまとっていない。バストは豊かで、飾り毛はハートの形に刈り込まれている。

「あら、お客さん、元気ですね」

ジュディがベッドの横にひざまずき、男のバスローブの前を拡《ひろ》げた。次の瞬間、驚きの声を洩《も》らした。

「びっくりしたみたいだな」

「珍しい形をしてますね。双頭の蛇みたいだわ」

「子供のころに、先っちょを傷つけられたんだ。それで、おかしな形になっちゃったんだよ」

「珍しいものを見せてもらいました。スマホのカメラで、ちょっと撮らせて」

「そんなことやめろ！」

「いいでしょ、顔が写るわけじゃないんだから」

「客をなんだと思ってるんだっ」

男は怒鳴《どな》り、ジュディの顔面を思うさま蹴飛《けと》ばした。ジュディがベッドとベッドの間に転がる。男は跳《は》ね起き、ベッドを滑《すべ》り降りた。

「何も蹴ることないでしょうが！　客だからって、いい気にならないでよ。あたしの彼氏は、組《くみ》関係の人間なのよっ」

ジュディが喚きながら、上体を起こした。

「やくざとつき合ってるって？」

「ええ、そうよ」

「それがどうしたっ。おれは、三人の若い人妻を殺してるんだ」

「えっ」

「おまえだって、六月、八月、今月と三人の人妻が連続して殺害された事件ぐらいは知ってるだろうが！」

「知ってるわ」

「ついでに、おまえの喉を掻っ切ってやろうか」

「ごめんなさい。あたしが悪かったわ」

「悪いと思ってるんだったら、全身全霊を込めてサービスするんだな」

男はジュディに言って、ふたたびベッドに仰向《あおむ》けになった。

4

午前二時を過ぎた。

成瀬隆司は、覆面パトカーの後部座席にゆったりと腰かけていた。

相棒の梶はハンドルを両腕で抱え込むような恰好《かっこう》で、斜め前の『下目黒レジデンス』の表玄関を注視している。草間浩和の自宅マンションだ。

「いまごろ、草間はカプセルホテルでぐっすり眠ってるんじゃないですか」

梶が疲れた表情で言った。

「かもしれんな。しかし、張り込みの基本はひたすら待つことだ。焦《じ》れたら、そこで負けだぜ」

「それはわかってるんですが、坐りっぱなしだから、腰が痛くって」

「辛抱《しんぼう》しろって。おれも刑事になりたてのころに徹夜の張り込みに耐えられなくなって、つい居眠りをしちまったことがあるんだ」

「そうですか。マークしてた容疑者は？」

「街金《まちきん》業者を刺殺した若いタイル工だった。その男は競馬場で知り合った年上の人妻とねんごろになって、相手のギャンブル資金を街金から高利で借りて回してやってたんだよ。借金は、あっという間に金利分を含めて一千万を超えてしまった」

「若いタイル工の給料じゃ、返済は難しいでしょ？」

「ああ。だから、そいつは街金の親玉の自宅に真夜中に押し入って、就寝中の相手を文化庖丁《ぼうちょう》で刺し殺し、現金三百数十万を奪ったんだよ」

「そうですか」

「おれたちは、その容疑者が人妻を誘って駆け落ちするかもしれないと推測した。その推測は正しかったんだが、タイル工は人妻の家の隣家の裏庭に忍び込み、そこから交際してる女の自宅に侵入した。張り込んでたおれたちは残念ながら、そこまでは読めなかったんだ」

「で、どうなったんです？」

梶が先を促《うなが》した。

「人妻は駆け落ちする気なんかなかった。容疑者は裏切られたと思ったんだろう、相手を刺殺し、自分もその場で命を絶っちまったんだ」

「そうですか」

「張り込み班の気の緩《ゆる》みが二次犯罪を招いたと言ってもいい。その事件《ヤマ》は、なんとも後味が悪かったよ」

「でしょうね。自分も睡魔《すいま》に負けないようにしないとな」

「そうだな。おれも気は抜かないよ」

成瀬は言った。

ちょうどそのとき、『下目黒レジデンス』の前に若草色の軽四輪車が停《と》まった。運転席から出てきたのは、草間浩和だった。

「粘《ねば》った甲斐《かい》がありましたね。成瀬さん、草間を押さえましょう」

「待て。しばらく様子を見よう。軽四輪のナンバープレートに〝わ〟の字が見えるな」

「レンタカーですね」

「そうだ。草間は夜逃げするつもりらしい。といっても、家具まで持ち出す気はないんだろう。身の回りの物を取りに戻ったにちがいない。とりあえず、草間の隠《かく》れ家《が》を突きとめようや」

「わかりました」

梶が浮かせかけた腰をシートに戻した。すでに草間は、マンションの中に吸い込まれていた。成瀬たちは車の中で、じっとしていた。

草間がキャスター付きのキャリーケースと膨《ふく》らんだ手提《さ》げ袋を持って外に現われたのは、数十分後だった。

荷物は後部座席に放り込まれた。草間はレンタカーに乗り込み、慌《あわ》ただしく発進させた。

「車間距離をたっぷり取ってくれ」

成瀬は相棒に言った。

梶が少し間《ま》を取ってから、スカイラインを走らせはじめた。若草色の軽自動車は住宅街を抜けると、山手通りに出た。

成瀬たちは追尾《ついび》しつづけた。

草間の車は山手通りを直進し、目白《めじろ》通りと新青梅《しんおうめ》街道を突っ切った。それから四、五百メートル先を左に折れた。豊島区南長崎《みなみながさき》一丁目だった。

ほどなく軽自動車は洒落《しゃれ》た造りのマンスリーマンションの駐車場に入った。建物は八階建てだった。

「おまえは、ここで待機しててくれ」

成瀬は梶に言い置き、そっと覆面パトカーを降りた。足音を殺しながら、マンスリーマンションに近づく。

草間がレンタカーからキャリーケースと手提げ袋を取り出し、アプローチに回った。そのままマンションのエントランスロビーに入っていく。

成瀬はマンションの表玄関の前まで進み、ガラス扉《とびら》越しにロビーの中を覗き込んだ。十秒も経たないうちに、草間はエレベーターに乗り込んだ。

成瀬はエントランスロビーに走り入り、エレベーターの移動ランプを見上げた。ランプは六階で停止した。

草間は六階の一室を借りているのだろう。

成瀬は函《ケージ》の中に入った。六階まで上がる。

ちょうど十のドアが並んでいた。しかし、どの部屋にも表札は出ていない。草間は何号室に消えたのか。成瀬は歩廊《ほろう》の端まで歩いた。非常口の近くに火災報知機があった。

成瀬は火災報知機のブザーを短く鳴らし、すぐ物陰に隠れた。各室から居住者が次々に飛び出してきた。男ばかりだ。

草間は六〇三号室から姿を見せた。

「煙、どこにも見えませんね」

「多分、誤作動《ごさどう》でしょう」

「そうみたいだな。人騒がせな話だ」

居住者が言い交わし、おのおのが自分の部屋に引っ込んだ。草間も六〇三号室に消えた。

成瀬はエレベーターホールに戻り、一階に降りた。マンスリーマンションを出て、梶を手招きする。

梶はすぐ覆面パトカーを降り、大股《おおまた》で歩み寄ってきた。

「草間の部屋は何号室だったんです？」

「六〇三号室だ。さやかを脅して金を奪った容疑で、任意同行を求めよう」

「わかりました」

「行くぞ」

成瀬は、先にアプローチをたどりはじめた。梶は数歩後《あと》から従《つ》いてくる。

出入口に達したとき、エレベーターから草間が降りてきた。成瀬はそのことを小声で梶に教え、アプローチ横の植え込みの中に身を潜《ひそ》めた。相棒も倣《なら》う。

草間が成瀬たち二人の目の前を通過し、マンションの駐車場に向かった。

「また、尾行だ」

「了解！」

二人は中腰でマンションから遠のき、スカイラインに戻った。成瀬はリアシートではなく、助手席に腰かけた。

待つほどもなくマンスリーマンションの敷地から、若草色の軽自動車が走り出てきた。

「追尾します」

梶が告げて、エンジンを始動させた。

草間の車は、早くも遠ざかっていた。尾灯《テールランプ》は点のように小さい。

覆面パトカーが動きだした。

軽自動車は山手通りに出ると、ＪＲ東中野駅方面に進んだ。青梅街道を突っ切り、ほどなく左手にあるファミリーレストランの広い駐車場に入っていった。

「草間は誰かと店内で会うことになってるのかもしれない。梶、車を店内を覗ける場所に駐《と》めてくれ」

成瀬は言った。梶が指示に従い、ファミリーレストランの中を見た。

「草間の奴、中ほどの席で児島祐輔と話し込んでます」

「第二の被害者の旦那と会ってるって？」

成瀬は視線を延ばした。確かに草間と向かい合っているのは、児島夏海の夫だった。

「どういうことなんでしょう？」

「おそらく草間は金に困ってるんで、夏海の独身時代の恥ずかしい映像を買い取らせる気なんだろう。ほら、さやかの姉の静江が言ってたじゃないか。さやかと夏海は同じホテルに呼び出されて、草間に屈辱的《くつじょくてき》なセックスプレイを強要されたってな」

「ええ、そうですね。あっ、児島祐輔が草間の前に茶封筒を置きました。中身は現金なんでしょう」

「ああ、おそらくな。かなり厚みがあるから、五百万ぐらいで児島は亡妻の恥ずかしい映像を買い取らされたんだろう。梶は児島祐輔から事情聴取してくれ。おれは草間の身柄《ガラ》を押さえる」

「わかりました」

二人は口を閉《と》ざした。

十分ほど過ぎたころ、先に草間が立ち上がった。成瀬は静かにスカイラインを降り、ファミリーレストランの出入口のそばにたたずんだ。

ほどなく草間が現われた。成瀬は草間の行く手に立ち塞《ふさ》がった。

「お、おたくは『プリティー・キューピッド』の社長室にいた警視庁捜査一課の……」

「そうだ。持ってる茶封筒の中身は札束なんだろ？」

「えっ⁉」

草間が茶封筒を腰の後ろに隠した。

「児島祐輔さんから現金を脅し取ったんだな、３Ｐの動画か何かを恐喝材料にして」

「な、何を言ってるんだっ。わたしを共犯者扱いしないでくれ」

「あんたは独身時代のさやかと夏海をそれぞれデートに誘い、飲みものにこっそり強力な誘眠剤を混入した。それでデート相手をホテルに連れ込み、力ずくで犯した」

「何を言いだすんだ？」

「黙って聞け！　さやかと夏海の弱みをちらつかせて、次に二人をホテルの同じ部屋に呼びつけ、レズ・プレイを強いた。その後、あんたは二人の女を相手に３Ｐを娯《たの》しんだんじゃないのか！　そして、そのシーンをこっそり隠し撮《ど》りしてた。どこか違ってるかい？」

「証拠もないのに、人を疑いやがって」

「さやかの実の姉が証言してくれたんだよ。妹があんたに数十万円ずつ幾度かせびられ、変態プレイも強要されてたことをな」

「そんな話はでたらめだ！」

「言い訳は代々木署で聞いてやる」

成瀬は草間の利き腕を摑んだ。

次の瞬間、草間が成瀬の手を振り払った。成瀬は油断していて、逃走を阻止できなかった。草間が膨らんだ茶封筒を手にしながら、駐車場の中に逃げ込んだ。成瀬は追った。

草間は、いったん自分の軽自動車に足を向けた。

だが、途中で方向を変えた。ファミリーレストランの金網《フェンス》を乗り越え、夜道を疾駆《しっく》しはじめた。

成瀬は全速力で追いかけた。

少しずつ距離が縮まっていくが、まだ組みつくには遠すぎる。

成瀬は駆けながら、腰の後ろから特殊警棒を引き抜いた。

三段の振り出し棒だ。成瀬は特殊警棒を一杯に引き伸ばし、草間の下半身めがけて投げつけた。特殊警棒は、逃げる男の左の膕《ひかがみ》に当たった。膝頭《ひざがしら》の真裏《まうら》だ。その部分に何か強い力が加わると、自然に膝が折れてしまう。

草間が短い叫びをあげ、前のめりに倒れた。

弾みで持っていた茶封筒が路上に落ち、百万円の束《たば》が二つ零《こぼ》れた。

草間が焦《あせ》った様子で二つの札束を拾い、それを茶封筒の中に戻した。成瀬は腰を折って、路面から特殊警棒を拾い上げた。

そのとき、草間が肘《ひじ》を使って上体を起こした。ほとんど同時に、横蹴りを見舞ってきた。

成瀬はバックステップを踏み、すぐさま前に跳《と》んだ。特殊警棒で草間の左肩を強打する。草間が唸《うな》りながら、手脚《てあし》を縮めた。札束の入った茶封筒は彼の手から離れていた。

「とりあえず、公務執行妨害《ぼうがい》だ」

成瀬は縮めた特殊警棒を腰に戻すと、手錠を引っ張り出した。屈《かが》み込み、草間に後ろ手錠を打った。

次に茶封筒を拾い上げる。百万円の束は五つ入っていた。

成瀬は草間を摑み起こし、ファミリーレストランまで歩かせた。梶は広い駐車場の中ほどで、児島祐輔と何か話し込んでいた。

成瀬は草間の背を押しながら、二人に近づいた。梶が成瀬に気づき、先に口を開いた。

「やっぱり、淫《みだ》らな映像データを五百万円で買い取らされたそうです」

「そうか。で、その映像データは預からせてもらったんだな？」

「ええ」

「もう事情聴取は終わったのか？」

成瀬は相棒に確かめた。梶が無言で大きくうなずいた。

「きょうのところは、いったんお帰りください。草間から押収した五百万は、後日、児島さんにお返しします。必要でしたら、預かり証を書きましょう」

「それは結構です。刑事さん、わたしは何も罰《ばっ》せられないですよね？　殺された妻の結婚前の恥ずかしい映像を闇《やみ》に葬《ほうむ》りたくて、草間に五百万払っただけですから」

「ええ、あなたは単なる被害者に過ぎません。従って、罪に問われることはないですよ」

「それを聞いて、安心しました。公認会計士は清潔なイメージを保ってないと、顧客を失ってしまうんです」

「でしょうね」

「結局、お金は払わなくて済んだわけですから、死んだ夏海のスキャンダルはマスコミには秘密にしといてくださいね。もちろん、わたしが草間に五百万円の口止め料を払おうとしたことも」

「わかってますよ。どうぞ帰宅なさってください」

「はい。それでは、後のことはよろしく！」

児島がそう言い、近くの黒塗りのレクサスに乗り込んだ。梶がそれを見届け、覆面パトカーの運転席に入った。

成瀬は草間を先にリアシートに腰かけさせ、そのかたわらに坐った。すぐに梶が車をスタートさせる。

「五百万は手に入れられなかったわけだから、恐喝未遂ってことになるわけだ。それだけじゃ、実刑を喰《く》らうようなことにはならないでしょ？」

草間が問いかけてきた。

「今回は未遂に終わったが、あんたは深谷さやかから数十万円ずつ脅し取ったはずだ」

「彼女から百二十万円回してもらったことは間違いありませんけど、借りただけなんですよ」

「借用証を書いたのか？」

「それは書いてない」

「だったら、借りたって供述を認めるわけにはいかないな」

「まいったなあ」

「どうせ夏海からも、デートのときのことをちらつかせて、小遣いをせびったんだろうが！」

「夏海には、百万貸してもらっただけですよ。やっぱり、借用証を渡したわけじゃありませんけどね」

「そういうことなら、実刑判決は免れられないだろうな」

「最悪だ。わたし、食品バイオ関係のベンチャービジネスにはしくじったわけですけど、エコビジネスで再生を図れそうなんですよ。大事な時期なんで、なんとか不起訴にしてもらえませんか？　お二人にＢＭＷを一台ずつプレゼントしますよ」

「ふざけるな。刑事を金品で買収できるとでも思ってんのかっ」

「どんな世界にも、裏があるじゃないですか」

「なめるな！」

成瀬は怒声を張り上げ、草間の横っ面《つら》に強烈な肘《ひじ》打ちを浴びせた。草間が長く呻いた。

「押坂佳奈も独身のとき、誘眠剤入りの酒を飲ませて、ホテルでものにしたのか？」

「わたし、そんなことしてませんよ」

「正直に答えないと、裁判のときに不利になるぜ」

「佳奈はレイプしてませんよ。彼女とは合意だったんです。佳奈は、わたしの事業がうまくいってると信じていたんで、あっさり誘いに応じてくれたんですよ。もっとも数カ月後には、わたしの会社が倒産しかけてることを知られてしまいましたがね」

「そのとたん、押坂佳奈は冷たくなったんだな?」

「ええ、そうでしたね。彼女は計算高いところがありましたんで。金のない男なんて、相手にしたくないってことでしょ?」

「あんたは体の関係のあった深谷さやか、児島夏海、押坂佳奈の三人から再起に必要な金を引っ張り出そうと画策《かくさく》した。しかし、それはうまくいかなかった。で、腹いせに三人を殺害した。そういうストーリーも成り立ちそうだな」

成瀬は瀬踏《せぶ》みした。すると、草間が高く笑った。

「何がおかしいんだ?」

「早く連続新妻殺害事件の犯人を捕《つか》まえたいんでしょうけど、わたしはどの女も殺《や》ってませんよ。その理由を教えてあげましょう。わたしは最初のベンチャービジネスでしくじりましたけど、元々、商才があるんですよ。次の事業では、巨万の富を手にする自信があります。だから、いま金に不自由してるからって、人生を投げたりするもんですか」

「そうかい」

　成瀬はせせら笑って、口を閉ざした。

　覆面パトカーが代々木署に着いた。成瀬たちは草間を車から引きずり降ろすと、捜査本部の並びにある取調室に連れ込んだ。


　苛立《いらだ》ちが頂点に達した。

　速水絵美は毛布をベッドの下に蹴落《けお》とした。

　スポーツクラブで、体をさんざんいじめ抜いた。肉体は疲れ切っているはずだが、いっこうに瞼《まぶた》が重くならない。

　頭の中は、無数の気泡《きほう》が詰まった感じだ。気泡がぶつかり合って、潰《つぶ》れているようだ。わけもなく気持ちがざわつくときは、きまって同じ感覚を味わう。

　神経が妙にささくれだって、何もかも面白くない。物事の判断がつかなくなることもある。

　いたずらに魂《たましい》が荒《あら》ぶって、すべての物をぶち壊したくなる。このまま破壊衝動を抑《おさ》えつづけていたら、いまに発狂してしまうのではないのか。

　そんな強迫観念《きょうはくかんねん》に取り憑《つ》かれ、漠《ばく》とした怯えと不安に襲われる。総務部別室に飛ばされた当初は丸三日も眠れなかった。

神経科クリニックで処方された精神安定剤を服用すると、楽に眠れるようになった。それで、神経科クニニリックには通わなくなってしまった。

それがいけないのか。自分には、いつも精神安定剤が必要なのかもしれない。心をすっかり病《や》んでしまったのだろうか。

精神科医は、感受性が豊かな人間は〝心の風邪〟にかかりやすいと言っていた。しかし、それは一過性《いっかせい》のもので、さほど気に病むことではないらしい。

だが、最近はちょくちょく感情のコントロールが利かなくなっている。悪い予兆《よちょう》なのか。親友の若葉と世間話をしていても、何気ない言葉が毒を含んでいるように感じたりする。

室長のセンスのないジョークに鳥肌が立つだけでなく、殺意すら覚えることもある。これほど神経がぎざぎざに尖《とが》ってしまったのは、なぜなのか。

自分なりに、自己分析をしても結論は得られない。

心の中に複数の人間がいるような気もするが、精神科医は多重人格者ではないと断定した。自分もそう思う。

ならば、どうして心が揺らぎつづけるのか。辛《つら》すぎる。苦しくてたまらない。

誰か救《たす》けて！

絵美は心の中で叫び、嗚咽《おえつ》を洩らしはじめた。

第四章　意外な捜査妨害

1

ついに夜が明けてしまった。

成瀬隆司は、脂《あぶら》の浮いた顔を両手で撫《な》でた。代々木署の取調室である。

スチールデスクの向こうにいる草間は、目をしょぼつかせていた。隅《すみ》で容疑者の供述をパソコンに打ち込《こ》んでいた梶も、だいぶ疲労の色が濃い。

草間は独身時代のさやかと夏海から小遣いをせびり、彼女たちにアブノーマルな性行為を強要したことはあっさりと認めた。また、隠し撮《ど》りした動画を恐喝材料にして、児島祐輔から五百万円を脅し取ろうとしたことも否定しなかった。

しかし、連続新妻殺害事件には一切《いっさい》関与していないと言い張った。だが、いずれも事件当夜のアリバイがなかった。

「くどいようだが、さやか、夏海、佳奈の三人は殺《や》ってないんだな?」

成瀬は口を開いた。

「何度同じことを言わせる気なんですっ。わたしは、誰も殺しちゃいませんよ」

「血液型はA型だと言ってたな？」

「ええ、そうです」

「靴のサイズは二十六センチだろう？」

「まだ疑ってるんですか⁉　犯人のＤＮＡと同じってわけじゃないんでしょ！　いい加減にしてください」

　草間が顔をしかめる。

「意地悪く考えれば、他人のＤＮＡを事件現場に遺《のこ》したとも疑えなくもない。三つの事件当夜、どこで何をしてたか思い出せないという供述を鵜呑《うの》みにするわけにはいかないんだよ。第一と第二の事件はともかく、押坂佳奈が殺されたのは今月なんだ」

「わたし、嘘《うそ》なんかついてませんよ。数日前の夕食に何を喰《く》ったのか思い出せないのが普通でしょうが。何カ月も前のことなんか、よく思い出せませんよ。日記を付けてるんだったら、別ですけどね」

「ま、そうだな。とりあえず、恐喝未遂容疑で起訴しておくか」

「好きにしてください。もう疲れ果てました」

「それじゃ、留置場《トリカゴ》で横にならせてやろう」

　成瀬は草間に言って、梶の肩を叩《たた》いた。

梶が椅子《いす》から立ち上がり、草間の背後に回る。折り畳み式の椅子のパイプに括《くく》りつけた腰縄《こしなわ》の端をほどき、容疑者を取調室から連れ出した。

殺人に関しては、草間はシロかもしれない。

成瀬はセブンスターに火を点《つ》けた。一服し終えたとき、梶が戻ってきた。

「草間を看守に引き渡してきました」

「そうか。少し寝《やす》もう」

二人は取調室を出ると、仮眠室に足を向けた。

ふだんは柔道の道場として使われている仮眠室には、二十組ほどの夜具が敷かれていた。寝具はどれもレンタルだ。

捜査員たちが死んだように寝ている。成瀬たちは空《あ》いている場所に寝具をのべ、すぐさま身を横たえた。二人は、じきに眠りに落ちた。

所轄《しょかつ》署の若い刑事に成瀬たちが揺り起こされたのは、午前十一時過ぎだった。

「緊急事態が発生したんだね？」

成瀬は相手に確かめた。

「はい。ついさっき、押坂佳奈を殺害したという若い男が出頭してきたんです」

「どんな奴なんだい？」

「管内に住んでる学習塾の先生で、日置則智《ひおきのりとも》という奴です。二十九歳です」

「その男に犯歴は？」

「あります。二年前に帰宅途中のＯＬを空き地に連れ込んで、レイプしかけて現行犯逮捕されてますね」

「そうか。で、起訴されたのか？」

「いいえ、不起訴処分になってます。被害者が世間体を気にして、親告しなかったんですよ」

所轄署の刑事が無念そうに言った。婦女暴行の類《たぐい》は親告罪だ。被害者が告訴しなければ、立件《りっけん》はできない。

「で、日置は？」

「うちの秋山刑事課長が直々《じきじき》に取り調べをしてます。日置は、佳奈殺しを全面的に認めてます。それで、うちのメンバーは裏付《ウラ》けを取りに出かけたとこです」

「そうか。ありがとう。おれたちは、管理官の指示を待つことにするよ」

成瀬は言って、手早く寝具を畳んだ。若い刑事が仮眠室から出ていく。

「どう思います？」

梶が寝具を折り重ねながら、眠そうな顔で訊《き》いた。

「まだ何とも言えないな」

「自分は、何か裏がある気がします。日置とかいう奴の出頭がなんか唐突《とうとつ》というか、不自然な気がするんですよ」

「ま、そうだな」

「成城署と碑文谷署に設置された捜査本部の捜査は難航したままです。毎朝新聞や日東テレビに犯行声明文をメール送信した。〝平成の切り裂《さ》き魔〟の正体さえ割り出してないわけでしょ？　なのに、日置はなぜ自首しなければならないんです？」

「罪の意識に急に耐えられなくなったとは思えない？」

「ええ、そうですね。日置は身替り犯臭《くさ》いな。真犯人を庇う必要があって、出頭したんじゃありませんか」

「考えられないことじゃないな。そうでなかったら、日置は警察嫌いで捜査妨害《ぼうがい》する気になったのかもしれない」

「捜査妨害ですか。それも考えられますね。一般市民の多くは警察のことをあまり快《こころよ》くは思ってないようですから」

「そうだな。それに日置という男は暴行未遂事件を起こしたとき、担当刑事にいじめられたとも考えられる。婦女暴行《ツッコミ》は最低の犯罪と思われてるからな」

「自分も、そう思ってます。ある意味では、人殺し以下と言ってもいいんじゃないのかな。それはともかく、日置の出頭には単純には喜べないですね」

「梶が言ったように、何か裏があるのかもしれないな」

二人は仮眠室を出て、洗面を済ませた。歯磨《みが》きもした。

それから成瀬たちは、捜査本部に顔を出した。管理官の野上警視は誰かと電話中だった。

成瀬と梶は近くの席についた。梶が気を利《き》かせ、茶を淹《い》れてくれた。

野上は、なかなか通話を切り上げようとしない。成瀬たち二人は煙草を喫《す》いはじめた。一服し終えて間《ま》もなく、野上が電話を切った。

成瀬たちは椅子から立ち上がり、野上の前に進み出た。野上が先に口を開いた。

「成瀬君、草間浩和は犯行を強く否認してるそうだね？　きみの心証《しんしょう》はどうなんだ？」

「シロだと思います」

「そうか」

「野上警視、日置則智という塾の先生が押坂佳奈を殺《や》ったと出頭してきたとか？」

「そうなんだが、日置は真犯人《ホンボシ》じゃないだろうな」

「そう思われる根拠は？」

「日置が二年前にレイプ未遂事件で検挙されたときの事件記録が代々木署から、そっくり消えてるんだ」

「えっ」

「警察庁の大型コンピューターに入ってる犯歴データはいじられてないんだがね」

「警察関係者がここの捜査本部《チョウバ》を混乱させる目的で、日置をわざと出頭させた。その見返りとして、日置の事件記録は抜かれた。そういうことなんですね？」

「きみは変わり者だが、刑事としては有能だな。その通りなんだと思う」

「なんで、そんな手の込んだことをしなければならないんです？」

梶が成瀬と野上の顔を等分《とうぶん》に見ながら、考える顔つきになった。

「成瀬君、教えてやりたまえ」

野上が言った。成瀬はうなずき、梶に顔を向けた。

「本庁は一連の事件で、成城署、碑文谷署、代々木署にそれぞれ捜査本部を設置し、捜一《そういち》の刑事を出張《でば》らせた。連続新妻殺害事件の犯人は同一人物と思われる。となれば、各所轄署も含めて、別の捜査本部には先を越されたくはないと競争心を掻《か》き立てられるはずだ」

「それじゃ、成城署か碑文谷署の捜査員が代々木署の誰かを抱き込んで、日置の事件記録をこっそり削除したと……」

「おおかた、そうなんだろう。おれの勘だと、協力者は女のような気がするな」

「代々木署の女性警察官が別の捜査本部にいる人間に頼まれて、そいつに協力したんですかね？」

「ああ、おそらくな。その二人は恋愛中なんだろう。そうじゃなければ、そこまで大胆な背信行為には走れない」

「手柄を立てたい一心で、ここの捜査妨害をしたのはいったい誰なんでしょう？　頭にくるなあ。絶対に赦《ゆる》せないですよ」

「そうだな」

「成瀬君、秋山課長の取り調べが終わったら、日置則智を少し締め上げてみてくれないか」

「わかりました」

「梶君、この女性警察官全員の交友関係を密《ひそ》かに調べてくれ」

野上がリストを成瀬の相棒に手渡した。梶が一礼し、先に捜査本部を出た。

「女性警察官《ジョケイ》を抱き込んだ人物に心当たりは？」

「残念ながら、ありません」

成瀬は碑文谷署に出張っている本庁捜一の板垣優作警部の顔を思い描《えが》きながらも、そう答えた。第六感だけでは、軽々しいことは言えない。

「とにかく、日置に揺さぶりをかけてみてくれないか」

野上が言って、冷めた茶を啜《すす》った。

成瀬は捜査本部を出て、取調室に足を向けた。角の取調室の前に、仮眠室にやってきた若い刑事が立っていた。小幡《おばた》という姓だったか。

「秋山課長は、このブースにいるんだね？」

「ええ、そうです。うちの刑事課の塩見《しおみ》主任と一緒です」

「野上警視の指示で、次はおれが日置を取り調べることになった。悪いが、きみが供述書を打ってくれないか」

「わかりました」

「頼むぜ」

成瀬は小幡の肩を軽く叩いた。

そのすぐ後、取調室から秋山課長が出てきた。成瀬は野上警視の指示を伝えた。秋山は憮然《ぶぜん》とした顔で、塩見主任を呼んだ。

二人の足音が遠ざかってから、先に小幡が取調室に入った。成瀬も取調室に足を踏み入れた。

パイプ椅子に腰かけた日置則智は、ひと昔前のオタクっぽい風貌《ふうぼう》だった。眼鏡《めがね》の奥の目は糸のように細い。肩まで伸びた髪は真っ黒だ。

「本庁捜一の者だよ」

成瀬は告げて、日置の前に腰をかけた。

「同じことをまた喋《しゃべ》るのか、かったるいですね」

「学習塾の先生をしてるんだって？」

「ええ、中学生に数学を教えてます」

「そう。押坂佳奈を殺《や》ったって？」

「ええ。あの若い人妻がとってもセクシーだったんでね。家に押し入って、居間でレイプしてから、喉《のど》を掻っ切ったんですよ」

「十字架は、どこで手に入れたんだい？」

「え？」

「傷口に突き立てた十字架のことだ」

「ああ、あの十字架のことですか。渋谷のアクセサリーショップです。十字架のネックレスを買って、鎖《くさり》は外しちゃったんですよ」

「その店の名は？」

「はっきりと憶《おぼ》えてません」

「値段は？」

「それも忘れちゃったな」

「誰に頼まれて、出頭した？」

「え？　質問の意味がよくわからないな」

「おまえは押坂佳奈を殺しちゃいない。しかし、真犯人の振りをする必要があった。そうなんだろうが！」

「わたしが佳奈って女をレイプしてから、殺したんです。間違いありませんよ」

「おまえは、二年前の検挙事実を抹消したかった。だから、現職警官と裏取引したんだろ？」

「いったい何の話なんです？　わたしには、さっぱりわからないな」

「おまえは二年前に婦女暴行未遂事件を起こした。しかし、被害者のＯＬは親告しなかった。それで、おまえは不起訴になった。だが、犯罪記録は警察に残ってる。それを抹消したかったんで、犯人だと名乗り出たんじゃないのか？」

「二年前のことで、わたしは起訴されたわけじゃないんです。だから、前科者ではありません。生活する上で別段、何も不都合《ふつごう》なことはないんですよ」

「それだから、検挙歴のデータを抹消する必要なんかないと言いたいんだな？」

「ええ、そうです」

日置が勝ち誇ったような笑みを浮かべた。

「質問を変えよう。整髪料や香水を使ったことは？」

「一度もありません。わたし、整髪料の類《たぐい》は好きじゃないんですよ。だから、体に香水をつけたこともありません」

「なら、そっちは犯人じゃないな。死体の第一発見者の証言によると、押坂宅の玄関ホールのあたりには犯人のものと思われる香水の匂《にお》いが漂《ただよ》ってたらしいんだ」

「それは犯人の残り香じゃありませんよ。現にわたしが佳奈を犯してから、刃物で喉を真一文字に掻っ捌《さば》いたんですから」

「凶器は？」

「西洋剃刀《かみそり》ですよ」

「そいつも違うな。鑑識の結果、特殊な細い刃物とわかってるんだ。西洋剃刀よりも、刃《やいば》の厚みはあった」

成瀬は鎌《かま》をかけた。鑑識では、凶器はゾーリンゲンの折り畳み式剃刀と断定されていた。

「そうなんだ、本当はね。手裏剣《しゅりけん》みたいな特殊ナイフを使ったんだよ」

「引っかかったな」

「え⁉」

「凶器は西洋剃刀だったんだ」

「くそっ」

日置が舌打ちした。

この男は、絶対に真犯人ではない。成瀬は確信を深めた。

「凶器のことは、わたしの勘違いでした。佳奈を殺したのは西洋剃刀だったんだ」

「メーカー名は？」

「確かドイツ製だったと思うが、メーカー名までは記憶してません」

「もういいよ。それよりも、誰に抱き込まれた？　もしかしたら、本庁捜査一課の者かな」

「えっ⁉」

日置の顔色が変わった。

「図星《ずぼし》だったようだな。どうなんだっ」

「わたしは誰かに頼まれて、身替り犯になったわけじゃない。罪を償《つぐな》いたくなったんで、自首したんですよ。知り合いの弁護士に連絡をとらせてください」

「接見したい弁護士の名は？」

「東京弁護士会所属の小暮睦《こぐれむつみ》先生です」

「いいだろう。連絡をとってやるから、ちょっと待ってろ」

成瀬は取調室を出て、刑事課に回った。居合わせた課員に弁護士名簿を借り、小暮弁護士の経歴を調べる。

板垣警部と同《おな》い年で、出身大学も一緒だった。ただの偶然とは考えにくい。板垣が日置を出頭させ、代々木署の捜査本部の捜査を混乱させて、その隙《すき》に自分で一連の事件の加害者を逮捕する気でいるのだろう。

日置の供述は矛盾《むじゅん》だらけだ。板垣は、数日後には日置が無罪放逸になることを見込して、際《きわ》どい勝負を打ったのだろう。

そうまでして、手柄を立てたいのか。厭《いや》な野郎だ。

成瀬は胸底《きょうてい》で呟《つぶや》き、弁護士名簿を閉《と》じた。小暮弁護士に連絡をとる気はなかった。誤認逮捕の疑いを持たれるのが落ちだ。

野上警視の許可を貰《もら》って、日置をすぐに釈放しよう。

成瀬は捜査本部に急いだ。


懐《ふところ》で刑事用携帯電話《ポリスモード》が振動した。

板垣優作警部は上着の内ポケットに手を突っ込み、ポリスモードを摑《つか》み出した。碑文谷署に設置された捜査本部である。

板垣はディスプレイを見た。

発信者は不倫相手の本多志織《ほんだしおり》だ。二十六歳の志織は代々木署の警務課に勤務している。板垣は廊下に出てから、ポリスモードを耳に当てた。

「何かまずいことになったんだな？」

「そうなのよ。少し前にね、本庁捜一の梶刑事がわたしのとこに来て、日置則智のことで探《さぐ》りを入れてきたの」

「そうか」

よ」

「志織は誰に何を訊かれても、しらばっくれてくれ。後のことは、おれがうまくやる

「空とぼけといたけど、わたし、心臓が破裂しそうだったわ」

「日置が釈放されるまでに、そちらは児島夏海殺しの犯人を検挙《アゲ》られそうなの？」

「容疑の濃い奴は割り出せたんだが、まだ決め手がないんだ」

「それなら、裁判所に逮捕状の請求はできないわね」

「ああ、残念だがな。それでも、代々木署の捜査本部を混乱させることができた。おれはね、変人刑事《デカ》の成瀬に先を越されたくないんだよ。あいつは職場で浮いた存在のくせに、猟犬みたいに必ず獲物《えもの》を取っ捕《つか》まえる。だから、まるで協調性がなくても、同僚たちに一目《いちもく》置かれてるんだ。おれは、それが気に喰わないんだよ」

「男って、いくつになっても子供みたい。お山の大将でいたいのよね、結局は」

「志織には、おれの気持ちなんかわからんよ。男がほかの野郎と張り合わなくなったら、もはや負け犬だからな。おれは、一匹狼を気取ってる成瀬には絶対に負けたくないんだよ」

「それはいいけど、日置があなたに頼まれて真犯人の振りをしてると白状したら、彼の検挙データを消去したわたしもおしまいね。あなたと一緒に捜査妨害したわけだから」

「心配するな。おれは日置の弱みを握ってる」

「弱みって？」

志織が問いかけてきた。

「実はな、日置は塾の教え子の女子中学生を自分のマンションにひと晩監禁して、淫《みだ》らなことをしてたんだ。マンションの居住者がおれの飲み友達なんで、その事実を知ったんだよ。被害に遭《あ》った女の子は仕返しを恐れて、日置のことは親には話してないんだ。そういうことだから、奴はおれの名前を出すことはないだろう」

「そうなの。それなら、わたしがやったことも露見《ろけん》しないわね？」

「ああ、大丈夫さ」

「ね、今夜、会えない？　とっても会いたいの。こっそり部屋に来て」

「そうしたいとこだが、事件が解決するまでは抜け出せそうもないな。それまで我慢してくれよ」

「わかったわ。でも、いつか奥さんと必ず別れてよね？」

「ああ、約束は守るよ」

板垣は電話を切ると、溜息《ためいき》をついた。志織は嫌いではなかったが、妻子を棄《す》てる気はなかった。

不倫相手を騙《だま》しきれなくなったときは、殺すことになるのか。板垣は自分の残忍さに身震いして、捜査本部に戻った。

2

コップ酒が空になった。

成瀬隆司はお代わりをした。屋台の主が一升瓶に手を伸ばす。

「今夜は月が出てないな」

成瀬は低く呟《つぶや》き、セブンスターに火を点けた。そのとき、コップに酒がなみなみと注《つ》がれた。あふれた酒が受け皿に零《こぼ》れた。

「サービスがいいな。親爺《おやじ》さん、これじゃ儲《もう》からないでしょ?」

「いいんですよ。たくさん儲ける気なんか、最初《はな》っからないんですから。食べていければいいいんです」

「欲がないんだな」

「子供がいるわけじゃないから、そうがつがつしなくてもいいんですよ」

「親爺さんみたいに飄然《ひょうぜん》と生きられたら、最高だな。こっちは、まだ人生を達観してないから、見苦しくジタバタしてる」

「お客さんの個人的なことに関心を持ってはいけないんですが、刑事さんですよね?」

屋台の主が確かめた。

「いい勘してるな」

「やっぱり、そうでしたか。わたしも若い時分は血の気が多かったもんで、よく警察の厄介《やっかい》になったんですよ」

「そう」

「桜田門の方なんでしょ？」

「うん、まあ」

「やっぱり、本庁の方でしたか。ということは、代々木署に設けられた捜査本部に出張ってらっしゃる？」

「そうなんだ。職業上、それ以上のことは話せないんだよね」

「わたしね、小学生のころは刑事になりたいと思ってたんですよ。しかし、いろいろありまして、はぐれ者になっちまったわけです」

「こっちは逆です。子供のころは、ルパンに憧《あこが》れてたんだ。それが、いまや犯罪者を取り締まる側に回ってる」

「人生は思い通りにはいかないってことですかね」

「そうなんだろうな」

成瀬は煙草の火を揉《も》み消し、コップ酒を呷《あお》った。受け皿の酒をコップに流し込んだとき、背後で梶の声がした。

「成瀬さん、ちょっと……」

「いま、行く」

成瀬は腰を上げた。

梶は屋台から四、五メートル離れた暗がりに立っていた。成瀬は相棒に歩み寄った。

「探りを入れたところ、代々木署警務課勤務の本多志織という女性警察官《ジョケイ》が捜一《うち》の板垣警部と不倫関係にあるという噂《うわさ》をキャッチしました」

「やっぱり、日置を操《あやつ》ってたのは板垣の旦那《だんな》だったか」

「成瀬さん、ちょっと待ってください。実は少し前に本多志織の自宅アパートに行ってきたんですが、当の本人は板垣警部とは特別な関係ではないときっぱりと否定したんですよ」

「そのときの様子は？」

「狼狽《ろうばい》してましたね、明らかに」

「だったら、噂は事実と判断してもいいだろう。板垣の旦那は、おれたちの捜査を妨害して、先に真犯人《ホンボシ》を逮捕《パク》りたいんだろう」

「板垣警部は負けず嫌いだから、何がなんでも自分が手柄を立てたいんでしょう。そのこと自体は別に悪いことではありませんが、ルール違反ですよ」

「それはその通りだな」

「成瀬さん、野上管理官に板垣警部が汚い手を使ったことを話して、それなりの処分をしてもらいましょうよ。仲間の裏切りは赦せませんからね」

「おれはガキのころから、告げ口が嫌いなんだよ。言いたいことがあったら、その本人に直《じか》に言うさ。梶、おまえは屋台で一杯飲《や》ってろ」

「碑文谷署の捜査本部《チョウバ》に行く気なんですね？」

「おまえは屋台で待ってろ。すぐに戻ってくるよ」

成瀬は相棒を屋台の木のベンチに坐《すわ》らせると、大股《おおまた》で表通りまで歩いた。

タクシーを拾い、目黒区の碑文谷署に急ぐ。三十分弱で署に着いた。

成瀬は署内に駆け込み、捜査本部に足を向けた。部屋の前に、本庁から派遣《はけん》された同僚刑事がいた。

「板垣さんをちょっと呼んでもらえないか。捜査情報の交換をしたいんだ」

「ほう、珍しいことを言うんだな。そっちはチームの和なんて気にしないタイプだったんじゃないのか？　どういう風の吹き回しかね？」

「いいから、頼む！」

成瀬は廊下を二十メートルほど進み、階段ホールにたたずんだ。

少し待つと、捜査本部から板垣警部が現われた。複雑な表情をしている。成瀬の来訪の目的が読めずに困惑しているにちがいない。

「情報の交換をしたいって？　そっちの力なんか必要ねえ」

向かい合うなり、板垣が突っかかってきた。

「不倫相手まで利用するとはな」

「おまえ、何を言ってるんだ？　おれが不倫してるとでも言うのかっ」

「本多志織のことを知らないとは言わせませんよ」

「えっ」

「代々木署警務課の女性警察官《ジョケイ》がおたくに頼まれて、日置則智の二年前の検挙データを消去した」

「志織は口を割ってしまったのか⁉」

「やっぱり、そうだったか。彼女は、おたくとは特別な間柄ではないと言い切ったそうです」

「きさま、おれを引っかけやがったな」

「ま、そういうことになりますね。日置が塾の教え子の女子中学生を自宅に監禁して変なことをした事実を知って、あんたは奴を押坂佳奈殺しの犯人として自首させた」

「なんで、おれがそんなことをさせなければならないんだっ」

「代々木署の捜査本部を混乱させるためだ。要《よう》するに、捜査妨害したかったんでしょ？

おれに先を越されるのは癪《しゃく》なんで、ちょいと汚い細工をしたわけだ。そうでしょ？」

「思い上がるな。おれは、きさまよりも五年も長く強行係をやってるんだ。きさまをライバル視するわけないだろうが！」

「単に早く手柄を立てたかったんですか？」

「……………」

「どうして急に黙り込んじゃったんです？　何か言ってほしいな」

成瀬は先輩刑事をからかった。

「日置は、もう釈放《パイ》になったのか？」

「まだ留置場《トリカゴ》にいますが、一両日中には無罪放免になるでしょうね。おたくは大学で一緒だった小暮睦弁護士を付けてやるから、日置にできるだけ長く真犯人の振りをしろと言ったんでしょ？」

「おれと小暮の繋《つな》がりまで調べ上げてるんじゃ、もう空とぼけられないな。きさまの言った通りだよ。おれは碑文谷署の捜査本部を混乱させて、その隙に先に一連の事件の犯人を捕まえたかったんだ」

「そんなに点数稼ぎたかったんですか？」

「おれを哀《あわ》れんでるのかっ。刑事になったときから、おれはずっと警視総監賞を貰いたいと思ってたんだ。しかし、いつも別の奴にさらわれてしまった。おれはな、誰にも現場では負けたくないんだよ」

「勝つためには、どんな汚い手をも使う?」

「仕方ねえだろうが」

「開き直るな!」

「日置と志織を利用したおれのことを捜一の課長か、人事一課監察に密告《チク》る気なのか。それとも、このおれを貯金箱にする気になったのかい。そっちの狙《ねら》いは金なんだろ?」

板垣が軽蔑《けいべつ》するような眼差《まなざ》しを向けてきた。

成瀬の血が逆流した。前に踏み込み、板垣の腹にボディーブロウを叩き込む。

板垣が呻《うめ》きながら、背を丸めた。

「おれを見くびるな。口止め料が欲しいわけじゃない」

「それなら、どうしろと言うんだっ」

「依願退職して、本多志織ときれいに別れてやれ。それから、日置則智の教え子監禁事件を告発するんだな」

「きさまの言う通りにしなかったら?」

「おれは、あんたがやったことを洗いざらいマスコミにリークする」

「本気なのか!?」

「もちろんだ」

「おれたちは、同じ捜一の人間じゃないか。身内も同然だろうが！　なのに、このおれをマスコミに売るというのかっ」

「調子のいいことを言うな。おれは、あんたのことを身内だと思ったことはないよ。しかし、まんざら知らない仲じゃない。だから、精一杯の惻隠《そくいん》の情《じょう》を示してやったんだ。それだけでも、ありがたいと思え！」

成瀬は怒声を放ち、アッパーカットで板垣の顎《あご》を突き上げた。

板垣は両手をＶ字に掲《かか》げ、そのまま後方に引っくり返った。無様《ぶざま》な恰好《かっこう》だった。

成瀬は冷笑し、体を反転させた。

着信メロディーが流れはじめた。

本多志織は洗い髪を掻き上げ、ナイトテーブルの上に置いたパーリーピンクのスマートフォンを摑み上げた。

武蔵小山《むさしこやま》にある自宅アパートだ。湯上がりだった。午後十一時を過ぎている。

発信者は板垣だった。部屋に来てくれるのだろうか。そう思ったとたん、体の芯《しん》が甘く疼いた。もう半月以上も板垣と肌を重ねていない。

「もうアパートの近くまで来てるんでしょ？」

「志織、もう終わりにしよう」

板垣が沈んだ声で言った。

「悪い冗談はやめて」

「真面目《まじめ》な話だ。おれの小細工が捜一の成瀬にバレてしまった」

「えっ⁉　代々木署《うち》に出張ってきた成瀬警部に見抜かれちゃったの？」

「そうだ。奴は、日置が犯人の振りをしてることも志織があいつの二年前の犯罪記録を消去したことも知ってた」

「どうしよう⁉　わたし、懲戒免職になっちゃうのね。下手したら、刑事告訴されるかもしれない」

「志織は、ずっと現職でいられるさ」

「どういうこと？　成瀬警部は目をつぶってくれるわけ？」

「条件付きでな」

「どんな条件を付けられたの？」

志織は早口で訊いた。

「奴はおれに依願退職を迫って、日置の教え子監禁事件を表沙汰《おもてざた》にしろと言った。それから、志織ときれいに別れてやれともな」

「わたし、あなたと別れることなんかできないわ。あなたは妻子持ちだけど、本気で愛してるんだから」

「おれだって、志織とは別れたくないさ。しかし、成瀬の言った通りにしなかったら、身の破滅なんだ。野郎は逆《さか》らったら、おれたちがやったことをマスコミにリークすると言ってるんだよ」

「ほんとに⁉」

「ただの威《おど》しなんかじゃないはずだ。そんなことになったら、おれたちは懲戒免職されるだけじゃなく、刑事告発もされるだろう。つまり、人生は暗転するわけだ」

「ね、二人で駆け落ちしない？」

「女房はともかく、二人の息子を見捨てるわけにはいかないよ。親としての責任があるからな」

「駆け落ち先から、家に生活費を送ってやればいいじゃないの。ね、そうして！」

「無理だよ、そんなことは。場合によっては、おれたちは警察に追われるかもしれないんだ。どこに逃げても、そう長くは潜伏なんてできないさ」

　板垣が長嘆息《ちょうたんそく》した。

「わたしは、追われることはないと思うわ。二人とも警察官なのよ。有資格者《キャリア》である警察も官僚は身内の不祥事が外部に漏《も》れることを病的なほど恐れてるから、わたしたちの不正はきっと握り潰《つぶ》してくれるわ」

「首脳部はそうしたいと思うだろうが、成瀬がマスコミにリークしたら、もはや手の打ちようがないさ」

「少し冷静になって、打開策を練ってみましょうよ」

「おれたちが現状を維持《いじ》したかったら、事故に見せかけて成瀬を殺すほかないな」

「梶という刑事も、わたしにあなたとの関係を探ってきたわ。きっと小細工のことを知ってるわね」

「そうだな。となると、成瀬と梶の二人を始末しなけりゃならない」

「ええ、そうね。でも、まさか保身のためにそこまではやれないでしょ？　ううん、やってはいけないわ」

「しかし、なんとかしなければ、おれたちは別れなければならないんだぞ」

「だからって……」

「志織、おれと別れたくないんだろ？」

「ええ、それはね。あなたと別れるぐらいだったら、わたし、死んだほうがいいわ」

「死んだ気になれば、なんだってできるじゃないか」

「だけど、相手の二人は子供じゃないのよ。しかも、刑事だわ。邪魔者だからって、わたしたちが殺害できるとは思えない」

「志織が二人を別々に誘《おび》き出してくれれば、おれが始末するよ。その気になれば、裏社会から足のつかない拳銃を入手することもできる」

「だけど、二人をうまくどこかに誘い出すなんてできそうもないわ」

「志織、わざと肌を露《あらわ》にした恰好をして、成瀬と梶を誘き出してくれよ」

「色仕掛けを使えってことなんだろうけど、わたし、そういうことは苦手だから、うまくいかないと思うわ」

「そうか」

「ね、不法滞在の外国人マフィアの中には、数十万円の報酬で殺人を請《う》け負《お》ってくれるのがいるらしいじゃない？　そういう殺《プ》し屋《ロ》を雇う手もあると思うの」

「そうだな」

「ね、わたしの部屋で対策を練らない？」

「わかった。これから、そっちに行くよ」

「待ってるわ」

志織は電話を切ると、ドレッサーに向かった。すぐに化粧を施《ほどこ》しはじめた。

3

部屋の空気が重い。

志織の部屋である。板垣優作はメビウスをひっきりなしに吹かしていた。

部屋の主は両手でマグカップを持ったまま、座卓の一点を凝視《ぎょうし》している。

二人は一時間半も打開策を出し合った。しかし、これといった妙案は閃《ひらめ》かなかった。

「追いつめられちまったな」

板垣は呟き、喫いさしの煙草の火をクリスタルの灰皿の底に乱暴に揉み消した。

「よく考えてみたんだけど、やっぱり、殺し屋を雇うのはまずいわ。だって、そいつが永久に捕まらないという保証はないわけでしょ?」

「そうだな」

「雇った奴が逮捕されたら、そいつはあっさりあなたが殺しの依頼人だと吐くと思うの。そうなったら、一巻の終わりだわ」

「志織の言う通りだな」

「わたしたち、どうすればいいのかな?」

志織が言葉に節《ふし》をつけた。何か深く思い悩んでいるときの癖だった。

板垣は何も返事ができなかった。

人生の歯車は、どこで狂ってしまったのか。三歳年下の妻の郁子《いくこ》に特別な不満があるわけではなかった。郁子は良妻賢母だ。

彼女は、板垣が最初に配属された所轄署の署長の姪《めい》だった。非番の日、彼は署長室に遊びに行った。そこにたまたま郁子がいて、引き合わされたのである。

郁子は板垣に関心があったらしく、伯父《おじ》の署長を介してデートを申し込んできた。署長の顔を潰すわけにはいかない。

板垣は次の週に郁子と二人きりで会った。郁子はおとなしい性格だったが、気立ては悪くなかった。容姿も悪くない。

板垣は積極的に郁子とデートを重ね、ちょうど一年後に結婚した。

官舎での新婚生活は甘美だった。郁子は恥じらいと初々《ういうい》しさを失わなかった。板垣は職務をこなすと、早々に帰宅した。

郁子が長男を産んだのは、およそ二年後だった。さらに二年後に、また男児を出産した。郁子は育児と家事に追われ、母親の顔を長く見せるようになった。別に夫を蔑《ないがし》ろにしたわけではなかったが、板垣はなんとなく物足りなさを覚えるようになった。

勢い仕事に熱中するようになった。家庭では味わえない充足感を得られた。板垣は一段と仕事にのめり込んだ。

長男が小学二年生のとき、郁子は近所のスーパーマーケットで数点の化粧品を万引きして、保安員に取り押さえられた。郁子は当初、頑《かたく》なに氏名と住所を明かさなかったらしい。警察官の夫に迷惑をかけたくなかったからだろう。

保安員と店長は業を煮《に》やし、パトカーを呼んだ。郁子は連行された所轄署で、ようやく身許《みもと》を明かした。連絡を受けた板垣は、所轄署に駆けつけた。自分が警察官であることを打ち明け、説諭《せつゆ》処分で勘弁してもらった。

板垣は妻を自宅に連れ帰り、烈《はげ》しく詰《なじ》った。郁子は家事と子育てに疲れ、ストレスを溜《た》め込んでいたことを涙ながらに訴えた。

板垣は妻の不満に気づかなかったことを詫《わ》び、できるだけ労《いたわ》った。息抜きするよう勧《すす》めもした。

だが、郁子の万引き癖はいっこうに直らなかった。自分ひとりの力では犯罪事実を揉み消せないときもあった。そうした場合は、妻の伯父の力を借りなければならなかった。板垣は恥を忍《しの》んで、郁子を大学病院の精神科にも連れていった。しかし、精神医学上は異常がないと診断された。

ふだんの妻は十数回の万引きのことなどすっかり忘れたように、二人の子供や夫と明るく接している。それでいて、時々、魂《たましい》の抜けたような表情を見せたりする。

板垣には、それが不気味だった。いつからか、家では寛《くつろ》げなくなっていた。

志織と代々木署内で初めて顔を合わせたのは、三年半前だ。板垣は管内で発生した通り魔殺人事件の捜査本部に派遣された日、署内の廊下で出会い頭に志織とぶつかった。志織はよろけて、小脇《こわき》に抱えていた書類の束《たば》を足許《あしもと》にばら撒《ま》いてしまった。

その夕方、板垣は志織を近くのお好み焼き屋に誘った。詫びのつもりだった。それがきっかけで、二人は打ち解《と》けた。

十歳のときに父親を亡《な》くした志織は、はるか年上の男性にごく自然に甘える。板垣は父性本能をくすぐられた。密会を重ねているうちに、二人は弾《はず》みで一線を越えてしまった。

若い肉体は新鮮だった。板垣は、いつしか志織の虜《とりこ》になっていた。こうして二人は不倫の間柄になったのである。

「のんびりしてられないのよね、わたしたち」

志織が虚《うつ》ろな目で言い、マグカップを卓上に置いた。

「考えてるんだ」

「そう。わたしも懸命に考えてはいるんだけど、これといった打開策が思い浮かばないの」

「ちょっと小用を足してくる」

板垣は白いシャギーマットから腰を浮かせ、隣のダイニングキッチンに移った。四畳半ほどのスペースだ。左側にトイレと浴室が並んでいる。

板垣は手洗いに入った。

尿意は催《もよお》していない。便座の蓋《ふた》をしたまま、流水コックを捻《ひね》る。

自分の手で不倫相手の志織を殺し、邪魔者の日置、成瀬、梶を始末する。自滅を避けるには、それしか途《みち》がないだろう。第三者に殺人を依頼したら、いつか墓穴《ぼけつ》を掘ることになるにちがいない。

妻と二人の子供の顔が脳裏《のうり》を掠《かす》めた。罪悪感とためらいが生まれた。しかし、ここで善人ぶったら、身の破滅だ。

板垣は上着のポケットから、白い布手袋《ぬのてぶくろ》を取り出した。捜査用の手袋だ。心臓の鼓動《こどう》が速《はや》くなった。喉の渇きも覚えた。

板垣は両手に布手袋を嵌《は》めると、懐から丸めた白い樹脂製《じゅしせい》の紐《ひも》を取り出した。結束バンドだ。本来は、工具や電線を束ねるときに用《もち》いられている。針金よりも強度は高い。

丸めた結束バンドを右手の掌《てのひら》に隠し、手洗いを出る。板垣は両手をスラックスに突っ込み、足で仕切り戸を横に滑《すべ》らせた。

志織は同じ場所に女坐《おんなずわ》りをして、ベッドをぼんやりと見ていた。パッチワークのベッドカバーは彼女の手造りだった。古い着物の布切れを巧《たく》みに縫《ぬ》い合わせてある。

「煙草の煙を逃がしたいから、仕切り戸は少し開けておくぞ」

「いいけど、なんか様子が変だわ」

「え?」

「なんかとっても怕《こわ》い顔つきになってる」

「深刻な問題を抱えてるからな。へらへらしてられないさ」

板垣はうろたえそうになったが、努《つと》めて平静に応じた。

「わたしも気がおかしくなりそうだわ」

「わかるよ、その気持ち」

「ね、どうしよう？」

志織が言った。

板垣は無言で志織の真後ろまで歩き、ゆっくりと屈《かが》み込んだ。リンスの匂いのする艶《つや》やかな頭髪に軽くくちづけする。

「何を企《たくら》んでるの？」

「志織、何を言ってるんだ？」

「わたしも邪魔になったのね」

「ばかなことを言うなよ」

「わかるのよ、わたしには」

「何が？」

「あなたが考えてること」

「おれが何を考えてるって言うんだ？」

「わたしを殺したいんでしょ？」

志織の声は妙に落ち着いていた。板垣は総毛《そうけ》立った。

「何か言って」

「もしそうだとしたら、どうする？　裸足《はだし》で外に飛び出すだろうな」

「ううん、逃げたりしないわ。惚《ほ》れ抜いた男に殺されるんだったら、本望《ほんもう》だもの」

「志織がそこまでおれのことを慕《した》ってくれてるんだから、けじめをつけないとな」

「どんなふうに、けじめをつけるの？」

「妻子を棄てるよ」

「ほんとに⁉」

「ああ。二人で高飛びしよう。逃亡生活は辛《つら》いだろうが、志織と一緒なら、耐えられるだろう」

「奥さんと子供たちには申し訳ないけど、わたしは嬉《うれ》しいわ。でも、地獄に堕《お》ちそうね」

「おれも一緒さ」

板垣は結束バンドを手早く志織の首に巻きつけ、両手に渾身《こんしん》の力を込めた。

志織が喉の奥で呻き、全身でもがく。座卓が蹴飛《けと》ばされ、二つのマグカップがシャギーマットの上に落ちた。

「すぐにおれも後を追うよ。志織、あの世で会おう」

板垣は愛人の耳許で囁《ささや》いた。志織が抗《あらが》わなくなった。

「死んでくれ」

板垣は結束バンドを力まかせに引き絞った。

数秒後、志織が四肢《しし》を痙攣《けいれん》させはじめた。板垣は両腕の力を緩《ゆる》めなかった。志織の顔が落ちた。それきり身じろぎひとつしない。

板垣は、動かなくなった志織を静かに床に横たわらせた。仰向《あおむ》けだった。

結束バンドを取り除き、頸動脈に手を当てる。脈動《みゃくどう》は伝わってこなかった。

「勘弁してくれよな」

板垣は合掌した。

志織は尿失禁《にょうしっきん》していた。板垣は汚れたパンティーを脱がせ、ハンカチで志織の内《うち》腿《もも》を拭《ぬぐ》った。

確かチェストの最下段にランジュリー類が入っていたはずだ。板垣は志織の遺体をベッドカバーの上に移し、チェストに歩み寄った。最下段の引き出しを開けると、未使用のフリル付きの白いショーツがあった。

板垣は志織に真新しいショーツを穿《は》かせ、スカートも取り替えた。半透明のごみ袋に濡《ぬ》れたパンティー、スカート、ハンカチを突っ込み、室内にあったデパートの紙袋に収める。

自分が使ったマグカップや灰皿も紙袋の中に入れてから、死んだ志織をベッドカバーで簀巻《すま》きにする。さらに、その上から毛布で包み込んだ。

板垣はいったん志織の部屋を出た。アパートの近くに駐《と》めてある自分のエスティマに乗り込み、静かにエンジンを始動させた。

車をアパートの出入口のそばまで移し、すぐさま志織の部屋に戻る。人影はどこにも見当たらなかった。

板垣は電灯をすべて消し、遺体を部屋から担《かつ》ぎ出した。預かっていた合鍵で戸締まりをし、変わり果てた志織をエスティマの中に運び入れる。むろん、デパートの紙袋も車内に突っ込んだ。

遺体の棄て場所までは考えていなかった。

板垣は布手袋を外し、とりあえず車を発進させた。二人の思い出の地に志織を埋葬《まいそう》してやりたい。

板垣はエスティマを山中湖に向けた。

春先に二人は別々に湖畔《こはん》のホテルに入り、デラックスツインの部屋で二晩を過ごしたことがあった。湖の周辺には、別荘が点在している。シーズンオフのいまなら、別荘地の自然林の中に亡骸《なきがら》を埋めることも可能だろう。

「志織、おれは卑劣な男だよな。だけど、まだ破滅したくないんだ。赦してくれ」

板垣は冷たくなった愛人に大声で詫び、徐々にスピードをあげはじめた。

頭の芯が冴《さ》えてしまった。

男はベッドから離れ、パソコンの前に坐った。午前三時過ぎだった。

メールの着信記録を覗《のぞ》くと、数十分前にメール友達の〝ショコラ〟から一通届いていた。

〈〝エスプレッソ〟さんは、もう夢の中でしょうね。わたしは今夜は一睡もできないでしょう。実は帰りの電車の中で、不愉快なことがあったの。迷惑でしょうが、ちょっとつき合ってくださいね〉

男はディスプレイに目を凝《こ》らした。いつもの調子ではない。いったい何があったのか。

〈車中で、痴漢行為をされてしまったの。わたしの体をいやらしい手つきで撫で回したのは、大学教授風の知的な五十年配の男でした。だから、わたしは最初は彼の横にいる三十八、九歳の脂ぎった感じの男がお尻《しり》を触ってるのかと思ってしまったんです。でも、やっぱり犯人はインテリっぽい五十男だったのです。そいつは大胆にも、自分の股間《こかん》を強くわたしのお尻に押しつけてきたの。欲情していました。信じられないかもしれませんが、作り話ではありません〉

男には、〝ショコラ〟の困惑ぶりと怒りがありありと伝わってきた。

〈わたしは勇気を出して振り向き、痴漢を詰《なじ》りました。すると、相手の男は澄《す》ました顔で自分は何も疚《やま》しいことはしていないと言い張ったの。相手がインテリっぽかったからか、周囲にいた女性たちは男の言い分を信じたようです。そして、彼女たちはわたしを非難するような眼差しを向けてきました。わたしは憤《いきどお》る前に、なんだか悲しくなってしまいました。てっきり味方になってくれると思っていた同性たちに敵意を示されたからです〉

男は〝ショコラ〟に同情しながら、メールを読みつづけた。

〈確かに犯人は、知性の塊《かたまり》のように見える紳士でした。しかし、そいつは破廉恥《はれんち》なことをしたのです。女たちはどうして外見や上辺《うわべ》に惑《まど》わされて、物事の本質を見ようとしないのかしら？　社会人になりたてのころ、先輩のキャリアウーマンが『女の自立を邪魔してるのは男じゃなくて、実は同性なのよ』と口癖のように言ってましたが、きょうばかりはその通りだと思いました。そんなことがあったんで、帰宅するなり、お酒を呷りつづけてしまったのです。この悔しさを自分の胸に仕舞っておくのは辛いので、〝エスプレッソ〟さんに愚痴《ぐち》を零してしまったわけです。甘えて、ごめんなさいね。うざったかったら、このメールは黙殺してください〉

男は〝ショコラ〟のメールを読み終えると、返信文を打ちはじめた。

〈今夜、いや、もう昨夜になりますね。電車の中での出来事は、さぞ腹立たしかったことでしょう。あなたが深く傷つき、怒りを持て余していることは想像がつきます。ご指摘されたように、多くの女性は上辺や見てくれに左右されているようですね。仮に痴漢がよれよれの服をまとった薄汚いおっさんだったら、周《まわ》りの女性たちはあなたの味方になったのではないでしょうか。不快な思い出は一日も早く忘れてください〉

男は送信文をチェックし、すぐに〝ショコラ〟にメールを届けた。

〈〝エスプレッソ〟さんがまだ起きててくれたなんて、なんだか嬉しいな。返信メール、ありがとう。だいぶ救《すく》われました。あなたは、わたしの精神安定剤です。ついさっきまで、電車の中でわたしを嘲笑《ちょうしょう》した女たちを殺すことを夢想してたんです。実際、むかつく女たちが多いの。この世の中には、殺したい同性がたくさんいるわ。ああ、殺したい！　血塗《まみ》れになった死体を蹴飛ばしてやりたいわ。もちろん、そう思うだけですよ〉

〝ショコラ〟のメールは、なんとも過激だった。男は笑って読み飛ばせない心持ちになった。

〈余計なお世話かもしれませんが、あなたは気分転換をする必要があると思います。有給休暇がだいぶ残っているようでしたら、四、五日、旅行でもされたらどうでしょうか。心身ともにリフレッシュすれば、穏《おだ》やかさを取り戻せるはずです。人生は長いのですから、息抜きは必要ですよ〉

メールの遣《や》り取《と》りは尽きなかった。

〈わたしは日常生活に飽《あ》き飽きして、かなり疲れているのかもしれません。気に喰わない女を見ると、半《なか》ば本気で殺意を懐《いだ》いてしまうの。危《ヤバ》いことですよね。でも、他人に殺意を持ったときって、ちょっと征服者にでもなったような気分で、悪くないですよ。獲物を追いつめた狩人《かりゅうど》の心境になるの。生かすも殺すも、こっちが決定権を握ってるわけです。死刑執行人みたいよね。そんなふうに考えるのは、頭の回路がおかしくなってるのかしら？〉

〈誰だって、他人《ひと》を殺したいと思うことはあると思います。でも、それを実行するのは問題だよね。それはそうと、例の犯行声明メール、マスコミに取り上げられたことをご存じでしょ？　最初は無視されるのかと思ってたんだが、それは早合点だった。警察にも例の連続殺人のことを電話で教えたんで、テレビも新聞も〝平成の切り裂き魔〟のことを伝えざるを得なくなったんでしょう。世間を騒がせるのは、とっても愉快だね。なんだか支配者になったようで、社会とか人間が妙に小さく見えます。他人の命や人生まで自分が握っているようで、あなたの台詞《せりふ》じゃないけど、征服者になったような気もするよ〉

〈〝エスプレッソ〟さん、あまり油断しないほうがいいと思うわ。捜査当局だって、間抜《まぬ》けの集まりじゃないはずです。そのうち、あなたが〝平成の切り裂き魔〟だってことを割り出すかもしれないでしょ？　わたし、あなたを唆《そそのか》したことを少し後悔しはじめてるの。このへんで、警察やマスコミを挑発するのはやめるべきだと思います〉

〈忠告は素直に受けとめることにします。話は飛びますが、スポーツクラブの憧れのマドンナと先日、ついに話をしました。プールサイドで短い会話をしただけなのですが、彼女も当方にはちょっぴり関心がありそうです。そんな感触を得たんです。しかし、デートに誘って断られたらと考えると、どうしても積極的になれません。どうすべきなんだろうか〉

〈そこまでアプローチできたんだったら、後はスムーズに事が運ぶと思います。なんだかマドンナが羨《うらや》ましいな。おっと、余計なことを書いてしまいました。忘れてください〉

〈力強い声援をありがとう。今週中にはマドンナをデートに誘ってみます。〝ショコラ〟さん、そろそろお互いにベッドに潜《もぐ》り込もうよ。では、またね！〉

男はラストメールを送ると、パソコンから離れた。

4

空が斑《まだら》に明けはじめた。

急がなければならない。焦《あせ》りが募《つの》る。

板垣優作は、掘り起こした土をスコップで穴の外に投げ捨てた。

山中湖畔の旭《あさひ》が丘《おか》から数キロ御殿場《ごてんば》寄りの自然林の中だ。近くに山荘は一軒もない。

すでに一メートル四方の穴を掘っていた。深さは五十センチほどだろうか。

志織の死体を折り曲げれば、もう埋められるだろう。しかし、それではかわいそうだ。ゆったりとした姿勢で埋葬してやりたい。

板垣は汗みずくになりながら、黙々とスコップを動かしつづけた。

やがて、柩《ひつぎ》の三倍あまりの大きさの穴ができた。深さも二メートル近い。板垣は大木の地下茎に摑まりながら、穴から這《は》い上がった。眼は泥塗れだった。

板垣は、もう一度、志織の死顔《しにがお》を見たくなった。できれば、裸身も愛撫《あいぶ》したい。

ニューギニアの未開部族の男たちは最愛の女性に先立たれると、聖なる死姦《しかん》に励むらしい。逆の場合、女たちは自分の足の指を切断し、その激痛で悲しみを薄らがせるという。原始的な儀式だが、そこには愛し合った男女の情念が込められている。

喪《うしな》ってみると、志織の存在の大きさがよくわかった。保身のためとはいえ、なんと惨《むご》いことをしてしまったのか。あまりにも身勝手だ。後悔の念が刃のように胸を刺す。

「志織、勘弁してくれーっ」

板垣は毛布の上から死体を撫でながら、ひとしきり泣いた。涙が涸《か》れると、彼は亡骸を穴の縁《ふち》まで引きずった。

両腕で遺体を水平に抱え上げ、そのまま穴の中に落とす。毛布にくるまった死体は小さく弾んだが、横向きにはならなかった。

板垣はスコップを手に取り、遺体に土を被《かぶ》せはじめた。

穴を埋め戻すのに、三十分は要した。被せた土を踏み固めた。そうしなければ、野生動物に土を掘り起こされてしまう。猪《いのしし》や野犬に死者の肉を喰われたくない。

板垣は屈み込んで、野の花を集めはじめた。

ブーケにして、土の中に突き立てる。献花のつもりだった。メビウスに火を点け、それを花束の前に垂直に立てる。線香代わりだ。

板垣は両手を合わせ、目を閉じた。

ありし日の志織の姿が、走馬灯《そうまとう》のように頭の中を駆け巡《めぐ》りはじめた。笑顔ではしゃぐ残像ばかりだった。

自分は法の番人面《づら》しているが、人間ではない。鬼畜以下だろう。捜一の同僚に先に手柄を立てられてもいいではないか。

それなのに、どうしてつまらないことに拘《こだわ》ってしまったのだろうか。職場で、勝ち負けを競《きそ》うのは器《うつわ》が小さい。頭ではそう思っていても、つい生来《せいらい》の負けん気が頭をもたげてしまった。

板垣は合掌を解《と》くと、地べたに力なく坐り込んだ。

邪魔者の日置、成瀬、梶の三人を闇《やみ》に葬《ほうむ》ることができるだろうか。しくじったら、惨《みじ》めな思いをさせられる。いっそ志織の後《あと》を追うべきなのかもしれない。

自死への誘惑は、風船のように膨《ふく》れ上がった。

板垣は立ち上がって、周りの樹木を見た。少し離れた場所に、太い樫《かし》の木が見える。ほぼ水平に横に張り出した枝は、二メートルほどの高さにあった。

板垣は、その樹木に歩み寄った。腰の革ベルトを引き抜き、横に伸びた枝に引っ掛ける。板垣はベルトを8の字に捩《ねじ》ってから、爪先《つまさき》立って下の輪に自分の頭を突っ込んだ。

輪の部分を首まで下げ、勢いよく体を沈める。頭上で、生木《なまき》の折れる音がした。

次の瞬間、板垣は下生えに尻餅《しりもち》をついてしまった。

「なんてこった」

板垣は舌打ちして、ゆっくりと立ち上がった。

志織の首を絞めた結束紐は、車の中の紙袋に入っている。結束バンドを使えば、今度は失敗しないだろう。

板垣は林の中から出て、エスティマを駐めた場所に戻りはじめた。いつしか東の空は朝焼けに染まっていた。

林道を下《くだ》っていると、懐で刑事用携帯電話《ポリスモード》が鳴った。碑文谷署に設けられた捜査本部からの呼び出し電話だろう。

板垣は歩きながら、ポリスモードを耳に当てた。

「こちら、二十四時間営業のディスカウントショップ『万屋本舗《よろずやほんぽ》』の練馬店です」

「え？　ナンバーが違うんじゃないの？」

「板垣優作さんですよね、郁子さんのご主人の」

「ええ。女房がおたくのお店で何かやったんですね？」

「はい。歯ブラシを四本ほど盗んだんですよ。被害が小さいんで、ご家族の方に引き取りに来ていただきたいんです」

「いま職務中で、わたしはそちらに行けないんですよ」

「職務とおっしゃられましたが、公務員さんですか？」

「ええ、地方公務員です。誠意を持って謝罪しますので、どうか温情のあるお取り計《はか》らいを……」

「わかりました」

「妻の伯父が警察ＯＢですので、彼を謝罪に行かせます。ちょっと家内と電話を替わっていただけますか？」

「少々、お待ちください」

相手の男の声が途切《とぎ》れた。ほどなく郁子の声が響いてきた。

「あなた、ごめんなさい」

「おれに何十回、恥をかかせる気なんだっ」

「わたし、歯ブラシなんか盗《と》る気はなかったの。無意識のうちに、自分のトートバッグの中に入れてたのよ。犯意はなかったの。それだけは信じて！」

「いつも同じ言い訳だ。もううんざりだよ」

「あなたが怒るのは無理ないわ。離婚しましょうよ。これ以上、あなたに迷惑かけたくないから」

「話を飛躍《ひやく》させるなっ」

「でも……」

「郁子は、やっぱり心の病気にかかってるんだよ」

「でも、診《み》てもらった精神科医はなんでもないと言ってたわ。あなたも知ってるはずよ」

「あの先生は、へぼ医者なんだ。別の大学病院で診てもらおう」

「わたしは、もう駄目かもしれないわ。万引きを繰《く》り返してるばかりで……」

「無責任なことを言うな。郁子は二児の母親なんだぞ。息子たちが成人するまでは、おれと一緒に子育てをする義務があるんだ」

「わたしのこと、見捨てないでくれるんですか？」

「おれたちは夫婦なんだ。何があっても、支《ささ》え合っていくべきだろうが」

「あなた、ありがとう」

「店の人に言ったんだが、おれは職務で郁子の迎えには行けない。だから、伯父さんに頼んで、店までご足労願え。後日、おれが挨拶《あいさつ》に伺《うかが》うよ」

「わかりました。そうします。あなた、子供たちにはきょうのことは言わないでくださいね」

「もちろん、黙ってるさ」

板垣はぶっきらぼうに言って、通話を打ち切った。

これで、死ねなくなってしまった。生きつづけなければならないのなら、不都合な三人を始末する必要がある。スコップを回収して、東京に戻ろう。

板垣は回れ右をして、林道を逆戻りしはじめた。

看守が私物を日置則智に返した。

日置が左手首に腕時計を嵌め、二つ折りの財布を上着の内ポケットに収める。

「あんたは、もう自由の身だ。不起訴になったからな」

成瀬隆司は日置に言った。かたわらにいる梶は不服げだ。

「わたしを釈放しちゃってもいいのかな。もう何十回も言ったけど、押坂佳奈をレイプして殺したのは……」

「もういい。そう言ってくれって、板垣警部に頼まれたんだろうが！」

「違いますよ」

「そっちは二年前の教え子監禁事件が表沙汰になることを恐れて、板垣刑事に協力して真犯人の振りをした。そのことがわかったから、釈放されたんだ」

「ま、そういうことにしておきますか。ちょっと良心が咎《とが》めますけど、こちらは人殺しの罪を償わなくても済んだわけですから、ありがたい話です」

「早く消えてくれ」

梶が日置の腕を引っ張った。日置がおどけて看守に最敬礼し、領置室《りょうちしつ》を出た。

成瀬は梶とともに、日置を玄関先まで見送った。あと数分で、正午だ。

「もう塾の教え子にいかがわしいことをするなよ」

梶が言った。日置はにやにやしながら、代々木署を出た。

数秒後、彼の体が横に吹っ飛んだ。銃声は聞こえなかったが、被弾したことは間違いない。日置は倒れたまま、動こうとしない。

「板垣警部が殺し屋《プロ》を差し向けたんでしょう」

梶が言って、勢いよく走りだした。成瀬は大声で相棒を制止した。

だが、無駄だった。梶は玄関前に飛び出し、日置に走り寄った。身を屈めかけたとき、彼が斜めに転がった。右の肩口を撃たれたようだ。

「梶、大丈夫か？」

成瀬は丸腰だったが、表に走り出た。

ほとんど同時に、頭の上を衝撃波《しょうげきは》が駆け抜けていった。銃弾は近くのパトカーの車体に当たり、跳弾《ちょうだん》は通路に落ちた。

「あっちから狙撃《そげき》されたんです」

梶が半身を起こしながら、署の斜め前を指さした。そこには、黒いフェイスキャップを被った男が立っている。年恰好《としかっこう》は判然としない。

男は消音器付きの拳銃を両手保持で構えていた。型《タイプ》まではわからなかった。

「日置は頭をもろに撃たれて、もう死んでます」

「梶、署内に戻ろう」

「こっちは肩を撃たれただけですから、心配いりません。成瀬さんこそ、建物の中に引っ込んでください」

「おれは平気だ」

成瀬は言って、狙撃者に顔を向けた。

そのとき、また銃弾が放たれた。成瀬は身を伏せた。弾《たま》は当たらなかった。

犯人が路上に駐めたパーリーグレイのエスティマの運転席に入った。成瀬は犯人の動きを目で追いながら、相棒に声をかけた。

「梶、覆面《メン》パトの鍵《キー》をこっちに投げてくれ」

「犯人を追うつもりなんですか⁉」

「そうだ。早くしろ！」

「無茶です。無謀《むぼう》すぎますよ」

「犯人《ホシ》に逃げられたら、おまえのせいだぞ」

「殺されたって、知りませんからね」

梶がそう言い、公用車のキーを放った。

成瀬は両手でキャッチした。早くもエスティマは走りだしていた。成瀬はスカイラインに飛び乗り、急発進させた。

犯人の車は西新宿方面に向かった。

成瀬は覆面パトカーの屋根《ルーフ》に赤い回転灯をセットすると、けたたましくサイレンを鳴らしはじめた。エスティマは赤信号を無視して、甲州街道を横切った。新宿西口の高層ビル街を走り抜け、新宿中央公園の脇《わき》に出た。

それから間もなくだった。犯人はハンドル操作を誤った。エスティマは路肩《ろかた》に乗り上げ、街路樹に激突した。

フロントグリルがひしゃげ、ラジエーターから白い湯気《ゆげ》が噴《ふ》き上げはじめた。

成瀬はスカイラインを路肩に寄せ、すぐさま車を降りた。エスティマに走り寄ると、運転席で板垣警部が唸《うな》っていた。顔面は血で真っ赤だった。

「やっぱり、あんただったか。あんたは愛人の本多志織に日置の検挙データを消去させ、塾の先生に押坂佳奈殺しの犯人の振りをしろと頼んだ」

成瀬は言った。板垣は唸るだけで、何も喋ろうとしない。

「あんたは成城署や代々木署の捜査本部に一連の事件の加害者を先に捕まえられたくなくて、故意《こい》に捜査を妨害した」

「………」

「その裏工作が発覚したら、あんたは刑事でいられなくなる。だから、日置、梶、おれの三人を始末する必要があった。もしかしたら、もう志織はあんたに殺されたのかもしれないな」

「何も喋らないぜ、おれは」

「とりあえず、車から降りてもらおうか」

「両脚《りょうあし》が動かないんだよ、挟まれてな」

「それじゃ、急いでレスキュー車を呼んでやろう」

「成瀬、余計なことはするなっ」

「そのままじゃ、最悪の場合は失血死することになるぞ」

「偽善者め！」

「おれが⁉」

「ああ。きさまは、おれを嫌ってるはずだ。軽蔑してると言ったほうが正しいかもしれないな。なのに、ヒューマニストぶりやがって」

「あんたは一応、同僚だからな。好きじゃなくても、見殺しにはできないでしょ？」

「それが気に入らねえんだよ」

「要するに、おれたちは相性《あいしょう》がよくないってことでしょ？」

「それはその通りだな。ところで、代々木署の捜査本部はまだ真犯人《ホンボシ》の割り出しには至ってないんだろ？　無能な奴が多いからな」

「言ってくれますね。碑文谷署の捜査本部はどうなんです？　今回のからくりのことを考えると、似たようなもんなんだろうな」

「成瀬、なめんじゃねえぞ。うちは児島夏海を殺《や》った奴をもう絞り込んであるんだ」

「そいつが深谷さやかも押坂佳奈も殺害した疑いは？」

「それは言えねえな。みすみす成瀬にヒントを与えるほどお人好しじゃねえ」

「ま、いいですよ。自力で犯人を追い込んでやります」

「それにしても、板垣さんはどうかしてるな。よっぽど日置を操ってたことを知られたくなかったんだろうが、奴を射殺してしまった。それから梶の肩を撃って、このおれも殺そうとした」

「………」

「あんたが同僚だからって、そういう犯罪までは見過ごせない。刑務所で、自分のやったことを反省するんですね」

「おれは刑務所送りにはならない」

「どういう意味なんだ？」

成瀬は訊いた。

板垣が口の端を歪《ゆが》め、破れたパワーウインドーから、消音器を嚙《か》ませたコルト・コマンダーを突き出した。

「おれを撃ち殺しても、あんたはレスキュー隊が来るまで身動きできないんだ」

「そうだな。だから……」

「おれを道連れにする気らしいな。撃ちたければ、撃て！」

「相変わらず、向こうっ気が強いな。おまえは偏屈《へんくつ》な男だが、いい刑事になりそうだ」

「気持ち悪いことを言わないでほしいな。あんた、まさか……」

「大きく出たな」

成瀬は言って、エスティマに歩み寄ろうとした。

「動くな。至近距離できさまの頭をミンチにしたら、肉片や脳味噌がおれの顔まで飛んでくる。成瀬、もっと退《さ》がれ。退がるんだっ」

「わかったよ」

「本多志織は、もうこの世にいない。おれが彼女のアパートで絞殺して、死体をある場所に埋めたんだ」

「そこはどこなんだ？　都内なのか？」

「言えねえな、それは。しかし、手厚く葬ってやったよ。それはともかく、おれが日置に真犯人の振りをさせたことを立証できるものは何もない。つまり、おれは汚名を着ることはないわけだ。それから、家族も名誉は保《たも》てるだろう」

「あんたは死ぬ気なんだな。それは卑怯《ひきょう》だ」

「年下のくせに、偉そうなことを言うんじゃねえ。おまえには負けたよ。あばよ！」

板垣は言うなり、自分のこめかみを撃ち抜いた。サイレンサーから洩《も》れた空気の音は、子供のくしゃみよりも小さかった。

板垣はわずかに上体を左に傾けた形で、そのまま息絶《た》えた。大きく見開かれた両眼は、虚空《こくう》を恨《うら》めしげに睨《にら》んでいる。

愚《おろ》かな男だ。

成瀬は懐から刑事用携帯電話《ポリスモード》を取り出し、警視庁通信指令本部に事件を通報した。身分を告げ、現場の状況をてきぱきと伝える。

成瀬は電話を切ると、覆面パトカーで代々木署に戻った。

日置の遺体は早くも片づけられていた。梶の姿も見当たらない。中野の東京警察病院で手当てを受けることになったのかもしれない。

じきに本庁機動隊の面々と鑑識課員たちが臨場《りんじょう》するはずだ。

成瀬は覆面パトカーを所定の場所に駐め、捜査本部に向かった。本部に入ると、代々木署の秋山刑事課長が歩み寄ってきた。

「危ない目に遭ったそうだね。で、逃げた犯人は？」

「本庁捜一の板垣警部でした」

「なんだって⁉　どうして彼が……」

「日置に真犯人の振りをさせたことが露見することを恐れたんですよ」

成瀬はそう前置きして、経過を詳《くわ》しく話した。自損事故で怪我をした板垣が凶器のピストルを使って、自ら命を絶ったことも語った。

「なんてことをしてくれたんだっ」

「梶は警察病院ですか？」

「そうだ。幸い弾頭は貫通してたから、一週間ぐらいで退院できるそうだよ」

「そうですか。なんか代々木署の面々が妙に張り切ってるようですが、何かあったんですか？」

「わたしの部下たちが新しい手がかりを摑んでくれたんだよ。押坂敏直が経営してるゲームソフト開発会社が先月、一億数千万円の不渡り手形を出してたんだ。どうも倒産寸前らしいんだよ。それからね、押坂は妻の佳奈に三億円の生命保険をかけてたんだ。さらに、靴のサイズは二十六センチで、血液型もA型だったんだよ」

「押坂は三億円の保険金欲しさに、新妻を殺害した疑いがあるかもしれないというわけですね？」

「そうなんだ。で、押坂のアリバイを洗い直させることにしたんだよ」

「しかし、状況証拠から三つの事件は同一犯による他殺と考えられます」

「押坂は、何らかな方法で深谷さやかと児島夏海を殺害した犯人のＤＮＡを手に入れたんじゃないだろうか。で、第一と第二の事件の手口を真似《まね》て犯行に及んだとも考えられる」

「その可能性がないとは言いませんが、新婚カップルだったんですよ」

「ああ、そうだね」

「古女房というわけじゃないんだから、三億円の保険金よりも新妻の命のほうが重いでしょ？」

「わからんよ。事業家というものは金銭欲が深いものだ。だから、自分で何かビジネスをやってるんだろう」

「だとしたら……」

「本庁の旦那方もしっかりしてよ。うちの署員が真犯人《ホンボシ》を検挙《アゲ》ても知りませんぜ。それはそうと、機捜《きそう》のメンバーが来たら、よく事情を説明してあげてね」

刑事課長はそう言うと、部下たちのいる所に戻っていった。押坂のアリバイを調べ直しても、時間の無駄だろう。

成瀬は肩を竦《すく》めた。

第五章　捩《ねじ》くれた回路

1

相棒は個室にいた。

成瀬隆司は軽く引き戸をノックしてから、病室に入った。中野にある東京警察病院だ。

梶はベッドに上体を起こし、ノートパソコンのディスプレイを覗《のぞ》き込んでいた。

「おまえ、いつからＶＩＰになったんだ？」

「からかわないでくださいよ。たまたま外科病棟の相部屋《あいべや》に空《あ》きがなかったんで、この個室に入れられたんです」

「そうだったのか。お見舞いに花か果物の詰め合わせと思ったんだが、きょうは手ぶらで来ちまったよ」

「どうかお気遣《づか》いなく。そうだ、少し前に野上管理官から電話をもらいました」

「それなら、板垣警部がピストル自殺したことは聞いたな？」

「はい。成瀬さん、どうぞ椅子《いす》に掛けてください」

「ああ」

成瀬はベッドサイドのパイプ椅子に腰かけた。

「板垣さんは、同僚の捜査を妨害《ぼうがい》してまで自分で手柄を立てたかったんでしょうね。刑事としては立派な心がけなのかもしれませんが、個人的には評価できません。不倫相手の本多志織まで利用した末に、絞殺したという話ですからね。日置のことはそれほど気の毒だとは思いませんが、志織は哀《あわ》れですよ」

「そうだな」

「板垣警部は志織の埋葬《まいそう》場所を明かさないまま自殺したとか？」

「ああ、そうなんだ。彼は愛人殺しの物証を与えないことで、自分と家族の名誉を保《たも》ちたかったんだろう」

「しかし、板垣警部は日置を射殺し、われわれも亡《な》き者にしようとしたんですよ」

「板垣の旦那《だんな》は自分の不祥事を警察首脳部がマスコミには伏せると読んでたにちがいない」

「お偉いさんたちは、板垣警部の犯罪を揉《も》み消すつもりなんでしょうか？」

「多分、そうするだろうな。仮に不祥事を公表することになっても、板垣の旦那の頭がおかしくなったと偽《いつわ》るだろう。彼が手柄を立てたい一心で、同僚たちの捜査を妨害した事実は伏せられるはずさ」

「自分は撃たれ損か」

「おまえが警察官僚を敵に回す気でいるなら、おれはいつでもこの目で見たことを証言してやるよ。梶、どうする?」

「板垣警部を庇《かば》う形になるのは癪《しゃく》ですけど、自分、刑事は天職だと思ってるんですよ。警察社会にもいろいろ問題はありますが、民間企業では働きたくないですね」

「そうか」

「成瀬さんも発砲されたんですけど、そのことが伏せられることになっても……」

「おれは別に被弾したわけじゃない。それに、死者を鞭打《むちう》っても仕方ないだろうが?」

「あなたは器《うつわ》が大きいんですね。板垣警部には何とか辛《つら》く当たられたのに、過去のことはあっさりと水に流せるんですから」

「同じ釜《かま》の飯を喰《く》ってきた相手だから、反発し合ってても憎み切れないのかもしれないな。板垣だって、おれを撃ち殺すチャンスはいくらでもあった。しかし、彼はそうしなかった」

「確かに、そうですね」

「おまえの銃創《じゅうそう》が軽くてよかったよ」

「ええ、一週間前後で退院できそうです」

「入院したついでに、精密検査をしてもらえよ。ペアで聞き込みに歩くのは疲れるからな。おれは独歩行《どっぽこう》が好きなんだ」

「嫌われたもんだな」

「別におまえが嫌いだってわけじゃない。おれは、相棒に気を遣うことが面倒臭《くさ》いだけさ」

「そうだったんですか。てっきり成瀬さんは、唯我独尊《ゆいがどくそん》タイプだと思ってました」

「そんなに思い上がっちゃいないよ。おれは他人と調子を合わせることが苦手なだけだ」

「ええ、わかりますよ。自分、あなたのことを誤解してたようです。成瀬さんはちょっと取っつきにくいとこがありますが、根は心優しいんだと思います」

「よせって。そんなことを言われたら、尻《けつ》の穴がこそばゆくなるだろうが。それより、所轄《しょかつ》の連中は押坂敏直のアリバイを洗い直すことになったらしいよ」

「えっ、なぜなんです⁉」

梶が驚きの声をあげた。成瀬は、代々木署の刑事課長から聞いた話を伝えた。

「押坂の会社の『夢工房』の経営が思わしくないからって、生命保険金目当てに新妻を殺害したりしないでしょ？　三億円の保険金はでかいですけどね」

「そうだな。それだけの金があれば、倒産しかけてる会社の建て直しができるだろうが、いくらなんでも新妻を殺したりはしないだろう」

「ええ、そうですよね。いや、待てよ。押坂は女性に冷淡な面があるな。ほら、彼は元恋人の和久井由紀と五年もつき合ってたのに、彼女の父親が前科者で、実弟が暴力団関係者とわかると、腰が引けた男です。そういう利己的な人間なら、新妻よりも三億円の生命保険金を選ぶかもしれませんよ」

「そう言われると、なんだか押坂が怪しく思えてきたな。しかし、おれの勘だと、押坂はシロだね」

「成瀬さんの第六感は鋭いから、おそらく押坂はシロなんでしょう。それはそうと、一応、あなたに報告しておくべきかな」

梶が考える顔つきになった。

「なんの話なんだ？」

「さっき退屈しのぎにネットの匿名掲示板を眺《なが》めてたんですが、ちょっと気になる書き込みがあったんですよ」

「どんな？」

「〝千里眼《せんりがん》〟というハンドルネームの人物が『連続新妻殺害事件の犯人と名乗っている〝平成の切り裂《さ》き魔〟は、巨額の金を動かしているファンドマネージャーだ』という書き込みをしてるんです。それから、『スーパーサラリーマンの素顔は殺人鬼だから、新妻たちはご用心！』とも付記されてました」

「ネットの書き込みには、デマや中傷が多いぞ」

「ええ、確かに。しかし、妙に引っかかるものを感じたんですよ。思い当たる人物がいたんでね」

「そいつは投資顧問会社で年収六億だかを稼いでるスーパーサラリーマンとして、男性週刊誌に取り上げられた奴だろ？」

「ええ、そうです。千野《ちの》保《たもつ》という名前で、四十一歳だったと思います。週刊誌の記事によると、そのファンドマネージャーはまだ独身で、広尾のマンションに住んでるようですよ。六本木のスポーツクラブの会員だとも書かれてたな」

「高収入を得てるスーパーサラリーマンだから、他人に妬《ねた》まれて根拠のないデマを流されたんだろう」

　成瀬は言った。

「そうなのかもしれません。何かで成功した人間は、他人に足を引っ張られやすいですからね。しかし、単なるデマや中傷じゃないとしたら……」

「個人情報保護法が施行されてから、プロバイダーや電話会社は捜査機関に必ずしも協力的じゃなくなった。以前なら、簡単に〝千里眼〟の氏名や住所はプロバイダーから探《さぐ》り出せたんだろうがな」

「ユーザーのプライバシーは無視できませんからね」

梶が言いながら、パソコンを操作した。すぐに彼は驚いた表情になった。

「どうした？」

「ネットの掲示板に新たな書き込みが……」

「えっ」

成瀬はノートパソコンのディスプレイに目をやった。〝正義の使者〟というハンドルネームで、次のように記《しる》されている。

〈深谷さやか、児島夏海、押坂佳奈の三人を殺害したのは、虎ノ門の投資顧問会社『J&K』に勤務している千野保と思われる。千野は女性不信に凝《こ》り固まった変人で、飼《か》っているセキセイインコにしか心を許していないのだろう。とにかく、まともな人間ではない。これからも犠牲者は増えるだろう〉

成瀬は書き込み文を素早く読み、相棒に顔を向けた。すると、梶が口を開いた。

「押坂佳奈が殺された現場には、セキセイインコの羽が落ちてましたよね？」

「ああ」

「〝正義の使者〟は、千野がセキセイインコを飼っていることを報道で知ったんでしょうか。それとも、それ以前からわかってたんですかね。後者だとしたら、千野とは個人的な繋《つな》がりがあるということになります」

「そうだな。〝正義の使者〟は、千野の友人、知人、元恋人の可能性があるね」

「複数の書き込みがあるってことは、最低二人の人間が千野保に疑惑の目を向けてるってことになります」

「二人と思い込むのは、ちょっと問題だな。ひとりの人間が二つのハンドルネームを使ったとも考えられるじゃないか」

「そうか、そうですね」

「プロバイダーに片っ端から電話で問い合わせてみるか」

成瀬は言った。

梶が刑事用携帯電話を握り、次々とプロバイダー業者に問い合わせた。彼は刑事であることを告げ、捜査に協力してくれるよう頼んだ。

だが、要請を快《こころよ》く受け入れてくれたプロバイダーは少なかった。結局、〝千里眼〟と〝正義の使者〟の正体は摑《つか》めなかった。

「やっぱり、予想通りだったか」

「退院したら、ちょっと千野保の動きを探ってみます。なんとなくネットの書き込みが気になって仕方がないんですよ」

「おまえは、ここでゆっくりしてろって。おれがスーパーサラリーマンに張りついてみる」

成瀬はおもむろに立ち上がった。

読みは外れてしまった。

中国の国営企業の株価は、たった数時間で大きく下落した。損失額は百億円近い。

男は呻《うめ》いて、モニターの前から離れた。

ディーリングルームを出て、手洗いに入る。トイレを出ると、受付嬢が走り寄ってきた。

「面会の方がお見えですよ」

「誰かな？」

「草間浩和という方です」

「えっ」

「お引き取り願いましょうか」

「いや、会おう」

男は受付カウンターに足を向けた。出入口のそばに、草間が立っていた。うらぶれた様子だった。

『プリティー・キューピッド』の会員だったころの仲間だが、それほど親しいわけではない。社内で話すのは、なんとなく抵抗があった。

男は草間を表に連れ出し、会社の近くのカフェに入った。

午後三時近かった。中途半端な時刻だからか、客の姿は少ない。

二人は奥のテーブル席に落ち着き、どちらもブレンドコーヒーを頼んだ。

「保釈金を積んで、今朝《けさ》ようやく娑婆《しゃば》に出てきたんですよ」

「何をやったんだい？」

「恐喝未遂容疑で捕《つか》まっちゃったんですよ。八月に殺された児島夏海のことは知ってるでしょ？」

「ああ」

「わたしね、独身時代の彼女と関係があったんですよ。といっても、相思相愛ってわけじゃなかったんですがね。彼女の飲みものに強力な誘眠剤を混入して、ホテルに連れ込んで姦《や》っちゃったんです」

「そんなことをしたのか⁉」

「呆《あき》れました？」

「まあね」

「夏海の独身時代の弱みをちらつかせて、夫の児島祐輔から五百万を脅し取ろうとしたんですよ。でもね、運悪く捕まっちゃったんです」

「少しも悪びれた様子がないな」

男は言って、コップの水を飲んだ。

「事業に失敗してからは気持ちが荒《すさ》む一方で、法律もモラルも気にしなくなっちゃった。我ながら、堕落《だらく》したもんです。しかし、人間は霞《かすみ》を喰って生きられるもんじゃない。だからね、悪党に徹することにしたわけですよ」

草間が、にっと笑った。

ちょうどそのとき、ウェイトレスがコーヒーを運んできた。二人は口を閉《と》じた。

ウェイトレスが遠ざかると、男は沈黙を突き破った。

「それで、用件は？」

「お金を拝借させてほしいんですよ。保釈金の三百五十万、暴力団の息のかかった街《まち》金《きん》で借りざるを得なかったんです。高利も高利だから、一日も早く返済しないと、とんでもないことになるでしょ？」

「だろうね」

「年収六億円のファンドマネージャーにとって、三百万や四百万は煙草銭《たばこせん》みたいなものでしょ？　できれば、一千万円ほど回してもらいたいんですがね」

「悪いが、ご希望には添《そ》えないな」

「どうしてです？　知らない仲じゃないでしょうがっ」

「いまのきみに返済能力がないと判断したからさ」

「街金の借金をきれいにしたら、昭和レトロを売り物にした昔風のコロッケパンや魚フライサンドの移動販売をはじめようと思ってるんですよ。従業員は使わずに、わたし自身がミニバンで売り歩くつもりなんです。だから、毎月十万円ぐらいなら、多分、返済していけるでしょう」

「数字で根拠を示してくれなきゃ、一千万なんてとても貸せないね」

「リッチなのに、ずいぶんセコいことを言うんだな」

草間が小ばかにしたような口調で言った。

「きみは昔からの友人でもないし、従弟《いとこ》でもない。まとまった金を貸さなければならない理由はないぜ」

「それはそうですがね。あなたの恩は決して忘れませんよ。いくらぐらいなら、回してもらえるんです？　五百万？　三百万が限度ですか？」

「五万円だったら、カンパしてやろう」

男は冷然と言って、コーヒーをブラックで啜《すす》った。

「冗談、きついなあ」

「真面目《まじめ》な話さ」

「あなたがそう出てくるなら、こっちも切札を使いますよ」

草間が凄《すご》んだ。

「切札って、何だい？」

「ストレートに言いましょう。あなたが〝平成の切り裂き魔〟なんでしょう？」

「唐突《とうとつ》に何を言い出すんだ」

男は笑ってみせたが、内心は穏《おだ》やかではなかった。

「とぼけても、もう遅いですよ。ネットの匿名掲示板に、あなたが連続新妻殺害事件の犯人だと決めつけた書き込みが二つも載《の》ってました。片方には、あなたの氏名まで明記されてた。内容から察して、偽情報《ガセネタ》とは思えないな」

「どんな書き込みだった？」

「〝千里眼〟というハンドルネームを使ってた奴は……」

草間が内容に触《ふ》れた。〝正義の使者〟は、セキセイインコを飼っていることを知っていたという話だ。

その人物は、双眼鏡で自分の部屋を覗いていたのだろうか。

男は慄然とした。

「あなたが三人の新妻を犯した末に西洋剃刀《かみそり》で喉《のど》を掻《か》っ切って、傷口に十字架を突き立てたんでしょ？」

「無礼なことを言うなっ。わたしは人殺しなんてしてない！」

「ネットの書き込みは、でたらめだと言うんですか？　そんなことはないはずです。

くどいようだが、片方書き込みには、あなたの姓名まで出てた。それなりの裏付けがなければ、そんな書き込みはできないでしょ？」

「きみは、ネットのことをよく知らないようだな。匿名性《とくめいせい》をいいことに、他人を中傷する書き込みがたくさんあるんだ。正確なパーセンテージまではわからないが、相当数が根も葉もない悪質な誹謗《ひぼう》にちがいないよ。自分で言うと厭味《いやみ》だが、わたしは大企業のサラリーマン社長よりもはるかに年収が多いからね。だから、他人に妬まれやすいんだよ」

「そんな呑気《のんき》なことを言っててもいいのかな。警察だって、ネットの書き込みに気づくでしょう。国外逃亡する気なら、お手伝いしますよ。その代わり、わたしに一千万円の謝礼を払ってほしいな」

「断る。わたしは人殺しなんかしてないんだ。どんなデマを飛ばされたって、正々堂々としてるさ」

「意地を張ってるうちに、手錠を打たれちゃいますよ」

草間が言った。男は卓上の伝票を抓《つま》み上げると、勢いよく立ち上がった。支払いを済ませ、急ぎ足で会社に戻る。

男は自分のパソコンに向かい、匿名掲示板の書き込みをチェックした。草間が話していたことは嘘《うそ》ではなかった。

ネットカフェから毎朝新聞と日東テレビ報道部に犯行声明文をメール送信したとき、あたりに人の気配はなかったはずだ。しかし、店の者に怪しまれ、密《ひそ》かに動きを探られていたのだろうか。フリーメール文を削除したつもりだったが、どこかに手落ちがあったのか。

あるいは、公衆電話で警察を挑発したときに何かミスをしてしまったのだろうか。メール友達の〝ショコラ〟には無防備に接してきた。ペットのピースケのことも、彼女には教えている。

三件の事件が連続して発生したとき、自分は〝ショコラ〟と偽の犯人になりすまして捜査当局を混乱させたら、さぞ愉快だろうとメールを交わし合った。〝ショコラ〟は自分は女だから、レイプ殺人の犯人役は演じきれないと言った。

そんな事情もあって、男は一連の事件の犯人の振りをし、〝平成の切り裂き魔〟と自称したのだ。退屈しのぎの遊びのつもりだったが、とんでもない事態になってしまった。〝千里眼〟や〝正義の使者〟の正体は何者なのか。

本気で自分に強姦殺人の罪を着せようとしているなら、なんとか手を打たなければならない。しかし、プロバイダーからは手がかりは得られないだろう。どうすればいいのか。

男は苦し紛《まぎ》れに、〝ショコラ〟に知恵を借りることを思いついた。キーボードを打ちはじめる。

〈できるだけ早く匿名掲示板の書き込みに目を通してください。誰かが当方を陥《おとし》いれようとしているのです。もたもたしていたら、例の連続殺人事件の真犯人にされてしまいそうです。頭が混乱してしまって、パニック状態です。どうかお知恵を授《さず》けてください〉

男は文面を読み返す余裕もなく、そのまませっかちにメールを送った。

2

見通しはよかった。

成瀬隆司はレストランのガラス窓から、投資顧問会社『J&K』の持ちビルの出入口に視線を向けていた。虎ノ門のビジネス街である。

午後五時過ぎだった。

成瀬は相棒を見舞った後、年収六億円を稼ぐスーパーサラリーマンを取り上げた男性週刊誌を発行している都内の雑誌社に出向いた。そして、掲載記事を拡大コピーしてもらった。

成瀬は記事にコメントを寄せた千野保の知人たちを訪ねた。三人だった。いずれもスーパーサラリーマンとは仕事上のつき合いしかなく、私生活には疎《うと》かった。

成瀬は、すでにハンバーグライスを食べ終えていた。追加注文したコーヒーが運ばれてきた。コーヒーを飲みながら、コピーの記事を改めて読む。記事には、凄腕《すごうで》のファンドマネージャーの顔写真も載っていた。

千野は、どこにでもいそうな平凡な四十男だった。髪型は七三分けで、やや面長《おもなが》な顔にも特徴はない。服装も地味だった。

遣《や》り手とか切れ者というシャープな印象は与えない。むしろ、愚鈍《ぐどん》な印象を与える。この男が巨額のファンドマネーを自在に動かして、年に六億円も稼いでいるのか。人は見かけによらないものだ。

成瀬はコーヒーを口に運び、煙草に火を点《つ》けた。

半分ほど喫《す》ったとき、上着の内ポケットで刑事用携帯電話《ポリスモード》が打ち震えた。この店に入るとき、マナーモードに切り替えておいたのだ。

成瀬は素早くポリスモードを摑み出した。電話をかけてきたのは、管理官の野上だった。

「少し前に、押坂敏直を別件で逮捕した」

「えっ、別件でしょっ引いたんですか⁉」

「ああ、秋山刑事課長に押し切られてな。押坂は取引先の連中とレートの高い賭《か》け麻雀《マージャン》をしてたんだ」

「そんな微罪で身柄《ガラ》を押さえるのは、フェアじゃないですよ」

「きみの言う通りだが、押坂のアリバイが最初と微妙に喰い違ってきたんでね。事件発生時の彼の供述に社員が口裏を合わせた疑いも出てきたんだよ。そうだったとすれば、押坂がいったん自宅に帰り、妻の佳奈を殺害して、すぐさまオフィスに戻った可能性もある」

「押坂の反応は？」

「別件逮捕は不当だと怒ってるよ」

「でしょうね。賭け麻雀でいちいち検挙してたら、何百万人、何千万人も逮捕者が出ることになります。警察官の中にだって、賭け麻雀をやってる奴は大勢いるでしょうが」

「それを言われると、返す言葉がないな」

「押坂が無実だったら、マスコミは別件逮捕のことを非難するでしょうね」

「きみは、どう思う？　誤認逮捕だったことにして、押坂に謝罪すべきだろうか」

「そうすることが賢明でしょうね」

「しかしな、押坂の会社は倒産の危機に晒《さら》されてるんだ。心理的に追い詰められて、奥さんに掛けた三億円の生命保険金欲しさに……」

「事業家は先の先まで読むものでしょう？　そうでなければ、どんなビジネスも成功しませんからね」

成瀬は言った。

「確かに、きみの言う通りだな。目先の利益に捉《とら》われてたら、事がうまく運ぶわけない」

「ええ、そう思います。まだ押坂の別件逮捕のことはマスコミには伏せてあるんでしよ？」

「ああ」

「それだったら……」

「捜査に手違いがあったということにして、押坂を釈放しよう。刑事課長には恨《うら》まれるだろうが、警察のイメージをいまより落としたくないからね」

「ええ、わかります。管理官、板垣警部の件はどう処理されるおつもりなんです？」

「その問題で頭を抱えてるんだ。というのはね、複数の通行人が日置の射殺場面を目撃してるんだよ。さらに悪いことに、目撃者のひとりは板垣のエスティマのナンバーを控えてたんだ」

「そういうことなら、板垣警部の捜査妨害に絡《から》む発砲騒ぎを揉み消すことは難しそうですね」

「ああ。板垣の奴、とんでもないことをしてくれたもんだよ。それはそうと、きみと梶のペアは何か新しい手がかりを摑んだのかね？」

　野上が問いかけてきた。

　成瀬は、梶が見つけたネットの書き込みのことを詳《くわ》しく話した。

「高収入を得てるスーパーサラリーマンが敢《あ》えて身の破滅を招《まね》くようなことをするだろうか。女に対して何か深い恨みや憎しみがあるなら、千野保という男が一連の新妻殺しの犯人かもしれないがな」

「千野には何かトラウマがあって、三人の人妻を殺害する気になったのかもしれません。そうでないとしたら、誰かがファンドマネージャーを妬んで、濡衣を着せようとしてるんでしょう」

「そうなんだろうか」

「どちらにしても、千野保の周辺を探れば、何かが透《す》けてくるでしょう。そんなわけで、現在、千野の勤め先の前で張り込み中なんですよ」

「きみひとりじゃ、何かと心許《こころもと》ないだろう。誰か助っ人を差し向けよう」

「それはやめてください。単独捜査のほうがやりやすいですし、これまではそれでそれなりの……」

「うん、手柄を上げてきたよな。しかし、ペアでの捜査が原則だからね」

「相棒はいますよ、梶がね。しかし、あいつは病院のベッドの上です。だからといって、別の者と組むわけにはいきませんよ」

「成瀬君、梶とペアを組む気になってくれたのか？」

「先のことはわかりませんが、今回の相棒は梶です。あいつは頭でっかちで、地取りや張り込みの基本が未《いま》だしの感があります。ですから、そのへんのことを教えてやる必要があると思うんです」

「そうだね。梶を鍛《きた》えてやってくれよ。成瀬君、頼んだぞ」

野上がそう言い、電話を切った。

フィルターの近くまで灰になっていた。成瀬は、慌《あわ》てて喫いさしの煙草を灰皿の中に投げ落とした。火を完全に揉み消してから、刑事用携帯電話《ポリスモード》を懐《ふところ》に収めた。

その直後だった。

『J&K』の表玄関から、千野保が姿を見せた。濃いグレイのスーツを着て、地味な柄のネクタイを締めている。成瀬は大急ぎで勘定を払い、レストランを出た。

千野は腕時計を見ながら、近くのバス停に足を向けた。

億単位の年収を稼いでいる男がバスを利用するのか。根は堅実な勤め人なのだろう。

成瀬はそう思いながら、同じバス停に近づいた。

バス停には短い列ができていたが、千野は少し離れた所にたたずんだ。人嫌いなのだろうか。それとも、秩序《ちつじょ》が苦手なのか。

成瀬はバス停から二十メートルほど隔《へだ》たったガードレールに腰かけ、人待ち顔をつくった。

五、六分待つと、渋谷行きのバスがやってきた。千野は、ほかの乗客たちの後からバスに乗り込んだ。

成瀬は発車間際《まぎわ》に車内に駆け込み、千野とは背中合わせの形で吊《つ》り革を握った。バスは割に混んでいた。

千野が降りたのは、六本木二丁目のバス停だった。成瀬は少し時間を遣り過ごしてから、大急ぎで下車した。

早くも千野はスポーツクラブの手前まで進んでいた。行き先の見当はつかない。成瀬は小走りに千野を追った。

ほどなく千野がスポーツクラブの中に入っていった。男性週刊誌の記事には、スーパーサラリーマンが六本木の有名スポーツクラブの会員であることが書かれていた。

成瀬は路上に数分たたずんでから、スポーツクラブに足を踏み入れた。

エントランスロビーは、ホテルに似た造りだった。ロビーのほぼ中央には、著名な彫刻家のブロンズ像が飾られている。

千野の姿は見当たらない。ロッカールームにいるのだろう。

成瀬は壁の館内案内板に目をやった。

地階一階にプールとスカッシュコートがあり、一階から五階までが各種のトレーニングジムになっていた。六階はリラクゼーションルームで、七階はティー&レストランだった。ロッカールームとシャワールームは各階にあった。

成瀬は受付カウンターに歩み寄った。

色の黒い二十七、八歳の男が立っていた。成瀬は警察手帳を短く呈示《ていじ》した。

「ここの会員の中に、千野保さんがいるね？」

「ええ。いまや千野さんは有名人ですから、うちのクラブの広告塔と言ってもいいでしょうね。千野さんのスーパーサラリーマン振りが男性週刊誌で紹介されたら、入会者ぐーんと増えたんですよ。ありがたいことです」

「千野さんのメニューは、いつも決まってるの？」

「そうですね。三階か四階のトレーニングジムで一時間ほど汗を流して、地階のプールに行かれることが多いな」

「そう」

「あのう、千野さんが何かの事件に関《かか》わってるんですか？」

相手が不安顔で問いかけてきた。

「誰かが千野さんを陥れようとしてるかもしれないんだよ。そこで、二、三教えてほしいんだが、千野さんと親しくしてる会員はいるの？」

「特に親しくなさってる会員の方はいないようです。千野さんは社交的な方じゃないんで、ぼくらインストラクターとも必要な会話しかしないんですよ。といっても、別に偉ぶってるというんじゃないんです。多分、口下手なんだと思います」

「きみは、やっぱりインストラクターだったか。そんな気がしてたんだ」

「そうですか。奈良林《ならばやし》といいます。先月まで受付の女性がいたんですが、交通事故で入院中ですので、ぼくらインストラクターが交代で案内させてもらってるんですよ」

「そう。参考までに訊《き》くんだが、このクラブは会員の身体のデータなんか記録してあるのかな？」

「はい」

「千野さんのデータを出してほしいんだ」

「個人情報ですので、すべては公開できませんが……」

　奈良林と名乗ったインストラクターが言って、コンピューターの端末を操作した。

　成瀬は先に千野の身長と体重を訊き、さりげなく質問を重ねた。

「両足のサイズはわかるかい？」

「ええ。右足の長さが二十五・八センチで、左足が二十五・七ですね。どちらも実測です」

「ということは、靴は二十六センチのものを履《は》いてるんだろうな」

「ええ、多分。厚手のスポーツソックスを履くときは、二十六・五センチの靴を選ばれているかもしれませんね」

「千野さんの血液型は？」

「A型です」

「既往症は？」

「特にないようです」

「そう。千野さんは香水の類《たぐい》は使ってる？」

「断定はできませんが、制汗剤も使ってませんから、香水は何も付けてないんじゃないのかな」

「そうかもしれないね。千野さんのことを知ってる女性会員の中には、スーパーサラリーマンに積極的に近づこうとする者がいるんだろうな」

「それが意外にいないんですよ。千野さんの活躍ぶりを取り上げたのは、男性週刊誌でしたからね。女性会員の方たちは、千野さんが遣り手のファンドマネージャーだということも知らないんでしょう」

「そうなのかな。千野さんのほうは、どうなんだろう？　お気に入りの女性会員がいるんだろうか」

「いないこともないと思います」

「そっちに迷惑かけないから、こっそり教えてくれないか」

「ここだけの話にしといてくださいね。千野さんは、速水絵美さんに熱い想《おも》いを寄せてるようです。トレーニングしながらも、目はいつも速水さんの姿を探してますから」

「その彼女は美人なの？」

「ええ、かなりのね。きれいなだけじゃなくて、とても頭がいいんですよ。現に有名女子大を卒業してます。ただ、男運はあまりよくないようで、二度の離婚歴があるみたいですね。才色兼備《さいしょくけんび》だから、並の男じゃ満足できなくなっちゃうんでしょう」

「そうなのかもしれないな。勤務先は？」

「大手のアパレルメーカーに勤めてるはずです。ここに入会された三年前は、企画室に所属してたようだけど」

「速水絵美さんは、いくつなんだい？」

「三十一歳です」

「千野さんとは十歳違いか。似合いのカップルになるんじゃないのかな」

「ぼくも、そう思ってるんですけどね」

「ちょっとトレーニングジムを覗かせてもらってもいいかい？」

「それでしたら、見学者用のワッペンを貼っていただけますか？　入会希望者がトレーニングジムを覗くときに胸のあたりにくっつけてもらってるんですよ。裏はマジックテープになってます」

奈良林がそう言い、黄色いワッペンを差し出した。

成瀬は受け取ったワッペンを上着の胸ポケットのあたりに貼りつけ、受付カウンターから離れた。エレベーターで、三階に上がる。

トレーニングジムを覗いてみたが、千野はどこにもいない。成瀬は四階に移動した。

出入口から、トレーニングジムの奥を見る。千野は腕の筋肉を強化する器機を使いながら、隣にいる三十歳前後の美女と何やら談笑していた。

彼女が速水絵美なのか。

成瀬はジムの中に入り、千野たちの会話が聞こえる場所に立った。二人には背を向ける恰好《かっこう》だった。

「早くも筋肉が悲鳴をあげそうだな」

千野の声だ。

「まだ大丈夫でしょ？　頑張って、あと二十回にチャレンジしてみて」

「ええ、トライしてみますよ。それにしても、速水さんはまったくリズムが狂わないな。たいしたもんだ」

「昔から細腕は女の代名詞でしたけど、いまはレディーも逞《たくま》しくならないとね」

「あなたは勁《つよ》い女性なんだろうな。逆風を切り裂きながら、前に突き進んでるようなイメージがあります。それでいて、女っぽさを失っていない。それどころか、充分に色っぽいですよ」

「そうかしら？」

「うっかり色っぽいなんて言っちゃったが、セクハラになるかな」

「お気になさらないで。もう三十一歳ですから、小娘とは違います」

「いいなあ」

「え？」

「そういう大人の台詞《せりふ》にも痺《しび》れちゃいます」

「わたしなんか、まだまだ未熟です。だけど、千野さんは大人の風格を備《そな》えてらっしゃるわ」

「ぼんやりしてたら、四十路《よそじ》になってたんですよ。大人の振りをしてるだけです。精神年齢はまだ若造ですよ」

「そういう謙虚《けんきょ》さも大人の男の証《あかし》だわ。恋愛もたくさんなさったんでしょ？」

「本気で女性にのめり込んだことがないんですよ」

「信じられないわ。まさか女性を神聖視して、恋愛に臆病《おくびょう》になってるというわけではないんでしょ？」

「その反対です。子供のころに女の子に手ひどく裏切られたんで、大人になっても不信感が萎《しぼ》まないんです」

「それは不幸なことね。嘘をつく女は多いけど、真っ正直な者もいるわ。信頼できる男性には、わたしは絶対に嘘なんかつかない。だって、人間関係は相互信頼があって、初めて成立するものでしょ？」

「速水さんの言う通りですね。恋愛に限らず、人と人を結びつけてるのは信頼だから」

「あなたとは、いろんな価値観が一致しそうね」

「こっちも、いま、同じことを言おうと思ってたんだ」

「そうなの」

「今夜は何か予定が入ってます？」

「ううん、別に」

「あなたといろんな話をしたいな。よかったら、西麻布あたりで食事でもどうですか？」

「一時間ぐらいなら、おつき合いしてもいいわ」

「よかった。それじゃ、早いとこメニューをこなしちゃおう」

「若い男の子みたい」

絵美が、くすっと笑った。

表で待機する気になった。

成瀬はごく自然な足取りでトレーニングジムを出て、エレベーターで一階に下《くだ》った。受付カウンターで見学者用のワッペンを返し、スポーツクラブを出る。

少し離れた舗道に立ち、千野と絵美が出てくるのを待った。

二人がスポーツクラブから姿を見せたのは、午後七時半ごろだった。二人は西麻布まで歩き、小粋なダイニングバーに入った。

成瀬は店の前で一服してから、ダイニングバーに足を踏み入れた。

店内を見回す。二人は隅《すみ》の席で向かい合っていた。千野は後ろ向きだった。そのテーブルの手前は空いている。

千野と背中合わせに坐《すわ》って、二人の遣《や》り取《と》りに耳を傾けることにした。

成瀬は空席に腰かけ、革張りの大きなメニューを拡《ひろ》げた。

3

釣り銭を受け取る。

勘定は二万円弱だった。千野保は急いでダイニングバーを出た。

「どうもご馳走《ちそう》さまでした。割り勘にしていただきたかったんですけど、今夜は甘えさせてもらいます」

店の前で、絵美が礼を述べた。

「よかったら、どこかでコーヒーでも飲みませんか。まだ話し足りない感じなんだ」

「申し訳ありませんけど、今夜はどうしても行かなければならない所があるんです」

「どこに行かれるんです？　なんか気になるな」

「ペットショップです。前々から気に入ってた生後三カ月のフレンチ・ブルドッグを買いたいと思ってたんですけど、わたしが借りてるマンションはペットを飼えないことになってるんですよ」

「でも、どうしてもその仔犬《こいぬ》を飼いたくなったんですね？」

「そうなの。大家さんにバレたら、ほかのマンションに移ればいいと開き直って、やっぱり飼うことにしたんです」

「速水さんは、世田谷の梅丘《うめがおか》に住んでらっしゃるんでしたよね？」

「ええ」

「タクシーでご自宅まで送りますよ、ペットショップに寄ってね」

「どういうことですの？」

「お気に入りのフレンチ・ブルドッグ、プレゼントさせてください」

「それは困ります。数千円のプレゼントならともかく、十五万円もする仔犬をいただくわけにはいきません」

「物であなたを釣ろうだなんて考えてるわけじゃないんだ。速水さんが喜ぶようなことをしたいだけなんですよ」

「千野さんがお金持ちであることは知ってますけど、わたしも自立してる人間です。収入は多くないけど、男性に頼るような生き方はしたくないの」

「あなたのプライドを傷つけてしまったようだな。ごめんなさい。仔犬をプレゼントしたいという話は引っ込めます」

「そうしてください」

「不愉快な思いをさせてしまったが、これに懲《こ》りないでくださいね。また、食事に誘ってもいいですか？」

「ええ、それは……」

「よかった。速水さんのことをもっともっと知りたいんですよ。わたしのことも、あなたに知ってもらいたいんだ」

「そのうち、ぜひ誘ってください。その代わり、きょうはひとりで帰らせて」

「わかりました」

二人は西麻布交差点まで肩を並べて歩いた。

絵美の体から甘い香水の匂《にお》いが漂《ただよ》ってくる。シャネルだろう。千野は幾度も絵美の肩に腕を回したいと思った。しかし、それを実行する勇気はなかった。

千野は西麻布交差点の近くで、タクシーの空車を拾った。絵美がリアシートに乗り込む。千野は手を振って、路肩《ろかた》まで退《さ》がった。タクシーが走りはじめた。

千野はタクシーの尾灯《びとう》を見つめていると、切ない気持ちになった。まるで絵美と遠距離恋愛をしているような心持ちだった。ほどなく絵美を乗せたタクシーが見えなくなった。千野は地下鉄を使って、広尾の自宅マンションに帰りついた。

今夜の気分は最高だ。

千野はネクタイの結び目を緩《ゆる》めると、居間の長椅子《ながいす》にどっかと腰かけた。絵美と一緒に暮らしているシーンを想像すると、一段と幸せな気分になった。

この満ち足りた気持ちを誰かに伝えたくなってきた。真っ先に頭に浮かんだのは、メール友達の〝ショコラ〟だった。

千野は立ち上がり、書斎に入った。

パソコンに向かい、受信メールの有無《うむ》を確認する。〝ショコラ〟からのメールは届いていない。泊まりがけの旅行でもしているのだろう。

千野は、絵美とファーストデートをしたことを克明に文章にした。自分の年齢を顧《かえり》みないで、絵文字も何度か使ってしまった。まだ興奮は醒《さ》めていない。

千野はメールを送った。

だが、予想外のことが起こった。宛先《あてさき》不明で、送信できなかった。〝ショコラ〟は無断でアドレスを変更してしまったようだ。

振り返ってみても、メールで〝ショコラ〟を傷つけた覚えはない。なぜ、突然、このようなことをしたのか。

千野は、あれこれ考えてみた。

〝ショコラ〟は商社のＯＬだと称していたが、実は女子大生か高校生だったのではないか。退屈しのぎにＯＬになりすましてパソコン通信を愉《たの》しんでいたが、彼氏ができたのかもしれない。

あるいは学業か、就職活動で忙しくなったのだろうか。どちらにせよ、メールの遣り取りが負担になったのだろう。

そうではなく、〝ショコラ〟は実は男性だったのか。ネット上では、どんな人物にもなれる。特に出会い系サイトでは、男が若い女を装うケースは少なくない。逆のケースもあるようだ。

〝ショコラ〟は、男であることが発覚する前にネット上から消える気になったのだろうか。それとも、ＯＬに化《ば》けてメールを遣り取りすることがばかばかしくなったのか。

〝ショコラ〟がどこの誰であったとしても、もうメールの遣り取りはできない。なんだか寂しい。

千野は落胆しながら、匿名掲示板の書き込みをチェックした。

自分を連続新妻殺害事件の真犯人だと決めつける書き込みが増えていた。草間が借金の申し込みを断られたことに腹を立て、複数のハンドルネームを使ってデマを流したのだろうか。

千野はそこまで考え、ふと〝ショコラ〟に疑念を懐《いだ》いた。正体不明のメール友達は何か魂胆《こんたん》があって、故意《こい》に自分を一連の事件の犯人に見せかけようとしたのではなかろうか。

そうだったとしたら、〝ショコラ〟は三人の人妻殺しに深く関与しているにちがいない。自分を巧《たく》みに煽《あお》って、マスコミと捜査当局を混乱させたことを考えると、〝ショコラ〟が真犯人なのではないか。

事件報道によると、連続新妻殺害事件の犯人は犯行現場に二十六センチの靴痕《くつあと》とA型の精液を遺している。どうやら〝ショコラ〟は男性だったらしい。

なんの罪もないメール友達を犯人に仕立てようとした悪意には目をつぶれない。といって、犯行声明文のことがあるから、警察には相談しにくかった。調査会社に頼んで、〝ショコラ〟の正体を突きとめてもらうことにした。そして、そいつのことを警察に密告してやろう。

千野はパソコンの電源を切って、拳《こぶし》を固めた。

タクシーが停《と》まった。

三軒茶屋《さんげんぢゃや》の目抜き通りに面したペットショップの前だ。

速水絵美は料金を払って、タクシーを降りた。

西麻布のダイニングバーで千野に梅丘の賃貸マンションに住んでいると語ったのは、真っ赤な嘘だった。借りているマンションは、世田谷区太子堂《たいしどう》四丁目にあった。

絵美はペットショップに入った。

エルメスの財布には、二十数万円が入っている。今夜こそ、愛らしいフレンチ・ブルドッグの仔犬を買う気でいた。

もう仔犬の名前は決めてある。店主から牡《おす》だと聞いていたので、ジャンだ。

小型のブルドッグだから、造作は整っていない。だが、表情に愛嬌《あいきょう》がある。拗《す》ねたような目つきが愛くるしい。

絵美は店頭の小鳥コーナーの間を抜け、奥の犬舎に近づいた。あろうことか、お気に入りのフレンチ・ブルドッグは見当たらない。

「フレンチ・ブルドッグはどうしたんですか？」

絵美は、六十絡みの店主に声をかけた。髪も口髭《くちひげ》も白い。

「きょうの夕方、買い手がついたんだよ」

「一昨日《おととい》、わたし、あの仔犬が欲しいと言いましたよね？」

「ああ、言ったね。しかし、あんたは手付金を置いてったわけじゃない。だから、社長夫人だという二十六、七歳の女性に売ったんだよ」

「わたし、倍額を払ってでも、あの仔犬を手に入れたいんです。売ったフレンチ・ブルドッグを買い手から買い戻してください」

「無茶を言うなって。一週間ほど待ってもらえば、ブリーダーから別のフレンチ・ブルドッグを仕入れるよ」

「ジャンじゃなきゃ、駄目なんです」

「え？　お客さん、うちの商品に勝手に名前まで付けてたの⁉」

「はい、買おうと決めたときにね。お店が買い戻すことはできないとおっしゃるなら、買い主のことを教えてください」

「自分で交渉する気なのか⁉」

店主が目を丸くした。

「そうです。買い手のことは控えてありますよね、顧客名簿に？」

「ああ、それはね。しかし、買い手の名前や連絡先を教えるわけにはいかないな」

「そこをなんとかお願いします」

「駄目、駄目！　売ったフレンチ・ブルドッグは、さほど血統がよくないんだ。もっといい仔犬を世話するから、そっちにしなよ」

「ジャンがいいの。一昨日ここに寄ったとき、あの仔犬は目でわたしに『早く犬舎から連れ出して』って訴えてきたんですよ。それだから、無理をしてでも手に入れようと思ったの」

「そういう思い入れがあったことはわかるけどさ、いったん売った商品を買い戻すとなんか絶対にできないよ。あんた、セキセイインコも嫌いじゃないんだろ？」

「え？」

「ほら、半月ほど前に黄色にブルーの混じったセキセイインコをじっと眺めて、鳥籠《とりかご》の下に落ちてた羽を拾い集めて持ち帰ったじゃないか」

「人違いでしょ？」

「いや、あんただよ。女優みたいな美人の客だったんで、よく憶《おぼ》えてるんだ。間違いなくあんただった」

「わたしじゃないと思うけどな」

「何も意地になって否定することはないじゃないか。何か不都合《ふつごう》なことでもあるのかい？」

「そんなものはありませんよ」

「おや、顔が真っ青だな」

「光の具合で、そう見えるんだと思います」

「セキセイインコなら、三千円に負けとくよ」

「いりません」

絵美は店主に言って、そそくさとペットショップを出た。足早《あしばや》に自宅マンションに向かう。

茶沢《ちゃざわ》通りを数百メートル進んだとき、絵美は背中に他人の視線を感じた。誰かに尾行されているのか。緊張で、動悸《どうき》が速《はや》くなる。

少し先にジュースの自動販売機があった。

絵美は財布から五百円硬貨を取り出し、自動販売機に近寄った。マンゴージュースのボタンを押しながら、素早く横を向いた。

暗がりに走り入った三十代半《なか》ばの男には、見覚えがあった。西麻布のダイニングバーで千野保と背中合わせに坐っていた男だ。絵美は化粧室の帰りに、その男の顔を見ていた。

引き締まった顔立ちで、眼光が鋭かった。長く見つめられていたら、つい視線を外しそうな威圧感があった。

刑事かもしれない。

絵美は、にわかに落ち着きを失った。

しかし、うろたえたりしたら、かえって怪しまれる。絵美は紙パック入りのマンゴージュースを手にすると、ふたたび歩きだした。次の脇道《わきみち》に入るなり、全速力で駆けはじめた。それから間《ま》もなく、また路地に折れた。
七、八十メートル先に、月極《つきぎめ》駐車場があった。
絵美は、その駐車場に走り入った。車と車の間にうずくまり、通りに目をやる。

一分ほど経ったころ、目つきの鋭い男が通過していった。どうやら西麻布から尾《つ》けられていたようだ。

すぐに月極駐車場から出るのは危険だ。

絵美は、しばらく動かなかった。十数分が過ぎてから、通りに出る。恐る恐る左右を見たが、尾行者の姿は見当たらなかった。ひとまず安堵《あんど》する。

まだ用心したほうがよさそうだ。

絵美はわざと遠回りして、自宅マンションのある通りに入った。

すると、マンションの斜め前の邸宅から二十六、七歳の女が出てきた。その家の主《あるじ》は飲食店チェーンのオーナー社長で、里村《さとむら》という姓だった。

姿を見せた女は里村の二度目の妻だ。ますみという名だったか。ごみを出したとき、一度だけ立ち話をしたことがあった。

ますみは仔犬を引っ張っていた。引き綱《リード》は、フレンチ・ブルドッグの首輪に繋《つな》がっていた。よく見ると、買いたかった仔犬ではないか。念のため、目を凝《こ》らす。

やはり、ジャンに間違いない。

絵美は、仔犬を連れた若い社長夫人に駆け寄った。

「あら、こんばんは！　残業か何かで遅くなったのね？」

里村ますみが言った。

「そのフレンチ・ブルドッグ、きょうの夕方、三軒茶屋のペットショップで買ったんでしょ？」

「ええ、そうよ。よくご存じね」

「その仔犬、わたしのお気に入りだったの。それで、お店の人には買う意思があることを伝えてあったんだけど、手付金を渡したわけじゃないんで……」

「わたしが先にバロンを買っちゃったわけね？」

「ええ。バロンと名付けたの？」

「そうなのよ」

「わたしは、ジャンと名づけようと思ってたの。原産がフランスだから、フランスでポピュラーな男性名がいいと思ってね。男爵《バロン》という名だと、容姿とアンバランスなんじゃない？」

「そうかな。この子、顔は不細工だけど、なんとなく気品があるでしょ？　だから、バロンと名づけたのよ」

「ね、その仔犬を二十五万、ううん、三十万で譲《ゆず》ってくれない？　お気に入りの仔犬だから、どうしても欲しいんですよ。買い値のほぼ倍額だから、損はないと思うんだけどな」

「わたしの夫は、年商百数十億円の会社の創業者なのよ。お金には不自由してないわ」

「損得を云々《うんぬん》したことは悪かったわ。ごめんなさい」

「あなた、ただのＯＬなんでしょ？　金持ちぶらないでよ。十五万ぐらい儲《もう》けたって、なんの役にも立たないわ。端金《はしたがね》だもの」

「謝《あやま》りますから、どうかフレンチ・ブルドッグを譲ってください」

「冗談じゃないわ。だいたいあなたが借りてるマンションは、ペットを飼えないはずよ。違う？」

「大家さんにお願いして、特別に許可を貰《もら》うつもりなの」

「オーナーが例外を作るはずないわ。あなたの部屋の間取りは？」

「１ＤＫだけど」

「そんな狭い所で犬を飼うのは残酷ね。広い庭で伸び伸びと遊ばせてやらなきゃ、ストレスを溜《た》め込むわ。狭いマンションで犬を飼うのは、ある意味では動物虐待よ。そうは思わない？」

「それは……」

絵美は言い淀《よど》んだ。

「あなただって、そう思ってるんでしょ？　犬を飼ってもいいのは、広い一戸建てに住んでる人たちだけよ。賃貸マンション暮らしのＯＬの分際《ぶんざい》でフレンチ・ブルドッグを飼いたいだなんて、思い上がってるわ」

「そうかしら？」

「反論の余地なんかないと思うわ。悔《くや》しかったら、自力で庭付きの住宅を買うのね。ＯＬには、夢のまた夢だろうけど」

ますみが鼻先で笑った。

「あなた、リッチな事業家と結婚する前は、何をしてたわけ？」

「自動車会社のキャンペンガールをやってたわ」

「そのときの年収は？」

「二百五十万ぐらいだったけど、親の家にいたのよ。だから、貧乏したことないわ」

「だけど、自分の力だけでは、とても一戸建て住宅は買えないわよね」

「何が言いたいの？」

「たまたまルックスが悪くなかったんで、リッチな旦那に拾ってもらっただけじゃないのっ。あなたは立派な邸宅に住んでるけど、それは旦那のおかげでしょうが！」

「な、何よ。わたしに喧嘩売る気！？」

「ひとりで頑張って生きてる女を見下《くだ》すんじゃないわよ。財力のある男に養《やしな》ってもらってる頭の悪い女なんか最低だわ」

「夫の会社は、年内には東証一部に上場《じょうじょう》するのよ」

「大会社の社長夫人になると言いたいんだろうけど、別にあなたが偉いわけじゃないわ。セレブぶるんじゃないわよ。あなたなんかね、生きる値打ちもない女だわ」

絵美は激昂《げっこう》し、思わず喚《わめ》いた。

男に依存しているくせに大層なことを口にする女は大嫌いだ。憎しみや軽蔑《けいべつ》を覚えるだけではなく、衝動的に殺意さえ懐く。

「あんたはクレージーだわ」

「だから、なんなのよ。虫けら以下の女が生意気《なまいき》な口を利《き》くんじゃないわよっ」

「バロン、散歩は明日にしようね」

ますみはフレンチ・ブルドッグの仔犬を両腕に抱え上げると、自宅に逃げ込んだ。

ただ美しいだけの無能な女が偉そうなことを言っていると、あの世に送りたくなる。

絵美は、自宅マンションのエントランスロビーに入った。集合郵便受けからダイレクトメールの束《たば》を取り出し、エレベーターで六階に上がる。

六〇一号室に入ると、絵美は玄関マットにマンゴージュース入りの紙パックを力任せに叩《たた》きつけた。

八つ当たりだ。ジュースが飛び散ることを予想していたが、紙パックは弾《はず》んだだけだった。

絵美は腹立ち紛れに紙パックを蹴飛《けと》ばし、奥の居室《きょしつ》に入った。真紅のラブチェアに坐り込み、天井から吊り下げた十字架の首飾りを見上げる。

十字架がもうひとつ残っていた。ますみの夫はちょくちょく仕事で地方に出かけているようだから、その気になれば里村邸に忍《しの》び込めそうだ。いつものトリックを使えば、自分が疑われることはないだろう。

絵美は立ち上がるなり、荒々しく銀色の十字架を引き千切《ちぎ》った。切れた鎖《くさり》が足許《あしもと》にばさりと落ちた。

4

相手の顔色が変わった。

ネットの書き込みに触れたときだった。成瀬隆司は、千野の顔を正視した。

投資顧問会社『J&K』の応接室である。千野が絵美と西麻布のダイニングバーで会食した翌日の午後二時過ぎだ。

「そ、その書き込みのことは知人から教えられて、わたしもネットの匿名掲示板を見ました。悪意に満ちたデマですよ」

「知人というのは？」

「草間浩和という男です。わたし、かつて結婚情報サービス会社『プリティー・キューピッド』のエグゼクティブコースの会員だったんですよ。草間とは、その会社が企画したお見合いパーティーでちょくちょく顔を合わせてたんです。といっても、特別に親しかったわけではありませんけどね」

「千野さんも『プリティー・キューピッド』の会員だったんですか。なぜ、会を脱《ぬ》けてしまったんです？」

「いいパートナーに巡《めぐ》り逢《あ》えないと判断したからです。お見合いパーティーには何十回も出席したんですが、こちらが興味を持った女性会員はいつも別の男性を指名して……」

「それで厭気《いやけ》がさして、退会されたわけですか」

「ええ、まあ」

「連続新妻殺害事件の被害者の深谷さやか、児島夏海、押坂佳奈の三人とは面識がありましたね？」

「ええ、三人はお見合いパーティーの常連でしたんでね」

「千野さんは、被害者たちを指名されたことがおありなんですか？」

「ええ、あります。順番は忘れてしまいましたが、三人を一度ずつ指名した記憶がありますよ。しかし、彼女たちは……」

「それぞれ千野さん以外の男性会員を指名されたんですね？」

「そうです」

「スーパーサラリーマンとしては、プライドが傷ついたでしょうね。年収は、医者や公認会計士をやってる他の男性会員よりも多いんだろうから」

「刑事さん、わたしを疑ってるんですか⁉」

千野が声を裏返らせた。

「一応、誰でも疑ってみるのが刑事の仕事なんですよ。気にしないでください」

「そう言われてもね」

「感情を害されたんでしたら、謝ります。ところで、参考までに三つの事件が発生した日、あなたはどこで何をされてました？　そう問われても、すぐに思い出せないとは思いますがね」

「今年に入ってからのことでしたら、たいていわかりますよ。電子手帳に、その日のことをメモってありますんで」

「その電子手帳は？」

成瀬は訊いた。千野が黙って上着の内ポケットから、コンパクトな電子手帳を取り出した。

成瀬は第一事件から第三事件までのアリバイの有無を確かめた。千野の供述通りなら、犯人ではあり得ない。しかし、まだ裏付けを取ったわけではない。鵜《う》呑《の》みにするのは危険だ。

「ネットの書き込みによると、マスコミに犯行声明のメールを送りつけた〝平成の切り裂き魔〟は千野さんだと……」

「わたしじゃありませんよ。犯人でもない人間がそんなことをしても意味ないでしょ？」

「意味はありませんよね。しかし、マスコミを翻弄《ほんろう》して愉快がる奴もいるんですよ」

「そういう奴もいるかもしれませんが……」

千野が忙《せわ》しく視線を泳がせながら、うつむき加減に言った。

「そわそわしてますね。千野さん、正直に話してくれませんか」

「何を話せとおっしゃるんです？」

「これは職業上の勘なんですが、あなたはいたずら心を起こし、〝平成の切り裂き魔〟と称して、毎朝新聞東京本社と日東テレビ報道部に犯行声明のメールを送ったんでしょ？　警察はね、発信場所まで突きとめてるんですよ。ここから、そう遠くない場所から……」

「えっ、あのネットカフェがどうしてわかったんです⁉」

「やっぱり、あなただったか。ちょっと鎌《かま》をかけてみたら、案の定《じょう》、引っかかってくれた」

成瀬は、ほくそ笑《え》んだ。

「汚い手を使うんだな。いいですよ、こうなったら、正直に話しましょう。わたしはメール友達の〝ショコラ〟に唆《そそのか》されて、連続新妻殺害事件の犯人になりすましたんですよ。退屈しのぎでした。でも、わたしは三人の人妻なんか殺してません」

「〝ショコラ〟というのは、いわゆるチャットネームですね?」

「そうです。わたしは〝エスプレッソ〟というチャットネームで、彼女とちょくちょくパソコン通信を愉しんでたんですよ」

「〝ショコラ〟は女だったのか」

「それがどうもわからなくなってきたんですよね。〝ショコラ〟は商社のOLと自己紹介したんですが、実は男だった可能性もあるんです」

「なぜ、そう思われたんです?」

「わたしは〝ショコラ〟に煽《あお》られて、一連の事件の犯人の振りをしたんですよ。〝ショコラ〟がそう仕向けたのは、自分に疚《やま》しさがあったからなんではないだろうか」

「話をつづけてください」

「はい。三人の人妻を殺害したのは、〝ショコラ〟かもしれません。わたしは〝ショコラ〟とは無防備に接してましたから、かなり個人的なことまで教えてたんですよ」

「具体的には？」

「氏名、年齢、出身地、勤務先のほか、六本木のスポーツクラブに通ってることや『プリティー・キューピッド』の会員だったことも、つい教えてしまいました。それから、血液型なんかもね」

「身長、体重、靴の大きさなんかも？」

「そういうことも〝ショコラ〟には教えました。刑事さん、〝ショコラ〟は三人の新妻をレイプして殺した男なんだと思います。プロバイダーに問い合わせれば、〝ショコラ〟の正体はわかるでしょう。いや、それは甘いかな。〝ショコラ〟が他人になりすまして、プロバイダーと契約を結んだとも考えられますからね。それはともかく、突然、メールを送信できなくなった〝ショコラ〟は怪しいですよ。一連の事件は、二十六センチの靴を履いてる血液型A型の男の仕業《しわざ》にちがいない」

　千野が自信たっぷりに言った。

「犯人が男だと決めつけるのは、早計かもしれませんよ」

「だって、三人の被害者の膣《ちつ》からA型の精液が検出されたんでしょ？　それなら、男の犯行じゃないですか」

「女が男の犯行と見せかけた可能性もあります。被害者の喉を西洋剃刀で真一文字《まいちもんじ》に切り裂いてから、予《あらかじ》め用意してあった精液を注射器かスポイトで吸い上げ、殺した新妻の体内に注入することもできる」

「あっ、そうか。しかし、女性で二十六センチの靴を履いてる者は稀《まれ》でしょ？」

「犯人の女が中敷きかスポンジを詰めた男物の靴を履いてたのかもしれません。幼稚《ようち》なトリックだが、体液注入の細工ともども盲点になってしまったんではないか」

「そういうトリックが使われたんだとしたら、犯人は事前に使用済みのスキンを用意して、中身を冷凍保存してたんでしょうね？」

「ええ、おそらく。犯人はA型のベッドパートナーとワンナイトラブを娯《たの》しんで、精液入りのスキンをこっそり自宅に持ち帰ったんでしょう」

「刑事さんの推測が正しかったら、冷酷な女がいるもんだな。どんな恨みがあったか知らないけど、何も喉を掻き切ることはないと思いますけどね。しかも、傷口に十字架をわざわざ突き立ててる。異常ですよ」

「そうですね」

「犯人は、キリスト教系の新興宗教団体の信者なんでしょうか」

「いや、そうじゃないでしょう。十字架をわざわざ突き立てたのは、捜査を混乱させたかったからだと思います」

「捜査が難航してる間に、犯人は安全圏に逃げ込む気だったんですかね？」

「ええ、多分。ところで、千野さんの昨夜《ゆうべ》のデート相手の速水絵美さんのことですが……」

成瀬は話題を転じた。

「もしかしたら、刑事さんはわたしのことをマークしてたんですか？」

「実は、そうなんですよ。六本木のスポーツクラブを出てから、千野さんは速水絵美さんと西麻布のダイニングバーに行かれましたよね？」

「は、はい。刑事さんは近くの席にいたんですか!?」

「ええ、あなたの真後ろに坐ってました。背中合わせだったんで、千野さんには怪しまれませんでしたがね」

「その後、刑事さんはわたしを尾行したんですね？　ネットの書き込みのことが気になったんで」

「尾行したのは、速水さんのほうです」

「えっ、なんで彼女を尾けたりしたんです!?」

「千野さんの周辺に、ネットの書き込みをした者がいるかもしれないと考えたからですよ」

「彼女は、速水さんはデマを流すような女性じゃありませんよ。知的な大人の女ですからね」

「ええ、美しいキャリアウーマンという感じでした。きのう、あなたはタクシーで速水さんを送ろうとしませんでした？」

「送るつもりでいたんですよ。しかし、彼女がひとりで梅丘の自宅マンションに帰ると言ったもんですから、わたしは地下鉄で帰宅しました」

千野が答えた。

速水絵美は、どうして梅が丘に住んでいるなどと嘘をついたのだろうか。千野とはまともに交際する気はないのか。それとも、別の理由で自分の塒《ねぐら》をスーパーサラリーマンには知られたくなかったわけか。

成瀬は思考を巡らせた。前夜、絵美は明らかに尾行を撒《ま》こうとした。ストーカーと勘違いされたのだろうか。あるいは、刑事と見抜かれてしまったのか。後者だとしたら、彼女は何か後ろめたいことをしたにちがいない。

「刑事さん、わたしのいたずらは度が過ぎましたよね。何かの罪で書類送検されることになるんでしょ？」

「あなたが捜査を混乱させたことは反省してもらいたいが、検挙する気はありません」

「見逃してもらえるんですか!?」

「ええ、まあ」

「ありがとうございます。二度とマスコミや警察に迷惑をかけるようなことはしません。申し訳ありませんでした」

千野がテーブルに両手をつき、深々と頭を垂れた。

「速水さんともメールの遣り取りはしてるんでしょ？」

「いいえ、彼女とはメール交換はしてません。そういえば、まだスマホのナンバーも教え合ってないな」

「そういうことなら、速水さんが〝ショコラ〟の可能性はないかな」

「刑事さん、何を言い出すんです⁉　仮に彼女が〝ショコラ〟だったら、デートのときにそのことを打ち明けるはずですよ」

「ええ、何も企《たくら》んでなければね。しかし、千野さんを一連の事件の犯人に見せかけたんだとしたら、速水さんが〝ショコラ〟だとも考えられるんじゃないのかな」

「そ、そんなばかな！　速水さんとは昨夜《ゆうべ》、初めて食事をした仲なんですよ。わたしに恨みなんかないはずです」

「そうですね。それだから、濡衣を着せる恰好の相手だと考えたのかもしれないな。過去にトラブルのあった相手を陥れようとしたら、どうしても疑いを持たれてしまいますからね」

「それは、そうですが……」

「速水さんが〝ショコラ〟で、ネットの匿名掲示板に悪質な中傷メールを掲《かか》げたんだとしたら、どうされます？」

「だとしたら、もう死ぬまで女なんか信じません」

「過去に手ひどい裏切りを受けたことがあるようですね。どうもお邪魔しました」

成瀬は、すっくと立ち上がった。


シャワーヘッドをフックに戻す。

前夜から数えて、五度目のシャワーだった。ようやく体から血臭《けっしゅう》が消えた気がする。

速水絵美は浴室を出て、脱衣室を兼ねた洗面所で濡れた裸身をバスタオルで神経質に拭《ぬぐ》った。

自宅マンションだ。きょうは仮病《けびょう》を使って、会社を休んだのである。

とても出社する気にはなれなかった。きのうの深夜、絵美は斜め前の豪邸に住む里村ますみを殺害した。

きっかけは、ささいなことだった。犯行前に絵美は里村邸を訪れ、もう一度、フレンチ・ブルドッグを譲ってほしいと頭を下げた。

応対に現われた社長夫人は取りつく島もなかった。そして、夜更けの訪問を非常識だと喚《わめ》きつづけた。罵倒《ばとう》しながら、ますみは足許にいた仔犬を抱き上げようとした。

すると、バロンと名付けられたフレンチ・ブルドッグは飼い主の手から擦《す》り抜け、絵美に駆け寄ってきた。

反射的に絵美は仔犬を抱き上げた。ほとんど同時に、ますみが大声で犬泥棒と叫んだ。それだけではなかった。ますみは近くにあったスリッパラックを持ち上げ、絵美に投げつけてきた。

スリッパの一つが絵美の顔面にまともに当たった。絵美は抗議した。と、ますみは一段と感情的になり、絵美を負け犬と嘲笑《ちょうしょう》した。

絵美は怒りを堪《こら》えて、バロンを玄関マットの上に下《お》ろした。そのまま里村家を飛び出し、自宅マンションに戻った。

玄関先で人の気配を感じたのは、十数分後だった。絵美はマンションの歩廊《ほろう》に出てみた。

誰もいなかったが、アイボリーの玄関ドアに黒マジックで、『犬泥棒の三十女は早くたばれ』と落書きされていた。すぐに絵美は除光液で、油性マジックペンで書かれた文字を消した。

落書きをしたのは、里村ますみに相違ない。絵美の頭の中で、閃光《せんこう》が走った。それは殺意だった。

絵美はマンションの鉄柵《てっさく》越しに斜め前の里村家のガレージを見た。家の主のベンツは見当たらない。ますみの夫は、今夜は自宅に戻らないようだ。

絵美は、中敷きを二枚入れた二十六センチの男物の靴を履き、そっと部屋を出た。小脇《こわき》に抱えたセカンドバッグにはゾーリンゲンの西洋剃刀、昆虫採集用の注射器、冷凍してあった精液の入ったプラスチック容器が収まっていた。ワンナイトラブの相手のザーメンだ。

絵美は人目がないことを確かめてから、里村邸の庭に忍び込んだ。テラスに置かれた白い鉄製のガーデンチェアをわざと倒すと、ほどなくネグリジェ姿のますみが恐る恐る居間から顔を覗かせた。

絵美は家の中に躍《おど》り込み、西洋剃刀の刃《やいば》をますみの首筋に密着させた。ますみは竦《すく》み上がって、許しを乞《こ》うた。しかし、絵美は取り合わなかった。ゴム手袋をした手で若い社長夫人を居間の床に押し倒し、ランジェリーとパンティーを剝《は》ぎ取った。

ますみは涙声で、バロンを無料で譲ると繰《く》り返した。フレンチ・ブルドッグは、寝室かどこかにいるらしい。鳴き声も聞こえなかった。

「くたばるのは、低能なあなたよ！」

絵美は言いざま、ますみの喉を西洋剃刀で真一文字に搔き切った。すぐに凶器を持参したビニール袋に入れ、ますみが息絶《た》えるまで冷ややかに見届けた。

それから絵美は昆虫採集用の注射器で精液を吸い上げ、ますみの性器の奥に注入した。三日前に行きずりの男が放った体液を冷凍保存しておいたのだ。

絵美は殺しの小道具を手早くまとめると、家の中を急いで巡った。お気に入りのフレンチ・ブルドッグは二階の夫婦の寝室にいた。仔犬は絵美に気づくと、嬉《うれ》しそうに走り寄ってきた。

絵美は里村邸をそっと出て、フレンチ・ブルドッグを自分の部屋に連れ帰った。仔犬を勝手にジャンと改名し、前夜は同じベッドで寝《やす》んだ。

すでに絵美は、同じ手口で三人の新妻を殺害している。罪悪感に眠りを妨《さまた》げられることはなかった。

最初に殺した深谷さやかと知り合ったのは、いまから三年前だ。ある女性起業家の会社の創業二十周年記念祝賀パーティー会場で絵美はさやかと知り合い、女性の自立を呼びかける会の発足を誓い合った。

だが、その旗揚げはなかなか実現しなかった。そうこうしているうちに、さやかは『プリティー・キューピッド』で見つけた外科医の深谷聡と結婚してしまった。

絵美は、長年の同志に裏切られたような気持ちになった。そのことをさやかに言うと、彼女は『女は母親になって、初めて一人前だと気づいたの』と言った。

子供を産《う》めない体の絵美は、ひどく傷つけられた。そのとき、頭の中で何かがスパークした。凄まじい殺意が膨《ふく》らんだ。殺意は何日経《た》っても消えなかった。

二番目に始末した児島夏海とは、ある乗馬クラブで知り合った。二年ほど前のことだった。絵美は乗馬をスポーツとして、純粋に愉しんでいた。

しかし、夏海はそうではなかった。彼女は花婿《はなむこ》探しが目的で、乗馬クラブに入会したのだ。練習そっちのけで、仲間の女性会員に兄弟や従兄《いとこ》がいるかどうか探り回っていた。

夏海のような愚《おろ》かな同性がいるから、女性全般の地位がなかなか向上しない。

絵美は、夏海を敵視するようになった。馬術そのものを穢《けが》したことも我慢できなかった。しかも、夏海は女が幸せになれるかどうかは配偶者次第だという古い考えを同性の仲間にも押しつけた。

それは、独善的なお節介だろう。さらに夏海は、離婚歴のある女は同じ経験を持つ男性としか恋愛すべきではないと厭味を言った。絵美は自分の生き方を全面的に否定された気がして、悔し涙にくれた。その涙が殺意を招《よ》んだ。

三番目に葬《ほうむ》った押坂佳奈も、デリカシーのない女だった。

彼女を初めて見たのは、この初夏のことだ。南青山のオープンカフェでカフェ・オ・レを啜っていると、佳奈は三歳ぐらいの女児の手を引いて近づいてきた。

彼女は笑顔で、『お子さんを迷子にするのは悪い母親ですよ』と話しかけてきた。

絵美は、わけがわからなかった。きょとんとしていると、迷子になった幼女は佳奈の手を振り払い、絵美の斜め後ろにいる母親の許《もと》に駆けていった。

佳奈は首を竦《すく》めただけで、ろくに絵美には謝罪しなかった。絵美は逆上し、佳奈を追いかけて文句を言った。

すると、佳奈は大人げないと口を歪《ゆが》めて笑った。次の瞬間、絵美の内部で何かが爆《は》ぜた。ほとんど同時に、殺意が芽生えた。

絵美は佳奈を密かに尾行し、彼女の素姓《すじょう》を調べた。そして、先日、佳奈の人生を終わらせてやった。

絵美は衣服をまとうと、脱衣所兼洗面室を出た。

仔犬が駆け戻ってきて、じゃれつきはじめた。仕種《しぐさ》や動作がなんとも愛らしい。

「ひとりぼっちにされて、不安だったんでしょ？　ジャン、ごめんね。後で、牛乳プリンをあげるから、機嫌を直して」

絵美はフレンチ・ブルドッグを抱え上げ、熱く頬擦《ず》りした。

彼女はとっておきの笑顔をこしらえたが、胸の中は不安で一杯だった。シャワーを浴びる前に殺しの小道具を点検してみたのだが、昆虫採集用注射器の針キャップがないことに気づいたのである。

里村邸の居間に針キャップを落としてきたのかもしれない。そうだとしたら、その遺留品《いりゅうひん》から捜査当局はじきに犯人を割り出すのではないだろうか。不安は募《つの》る一方だった。

「ジャン、もう少し広い部屋に一緒に引っ越そうね」

絵美は仔犬を胸に抱きかかえ、ふたたび頬擦りをした。


警察無線のスイッチを切る。

成瀬隆司は、覆面パトカーを世田谷区太子堂四丁目に向けた。スカイラインは渋谷を走行中だった。

無線によると、太子堂四丁目にある里村という家の自宅で、妻の惨殺体が発見されたらしい。第一発見者は、出張先から戻った被害者の夫だった。

犯行の手口は、これまでの連続新妻殺害事件とそっくりだ。成瀬は、そのことが気になった。

本庁機動捜査隊や所轄署の刑事たちに迷惑がられることはわかっていたが、臨場《りんじょう》せずにはいられない気持ちだった。今回の事件も、同一犯の仕業だろう。

二十分そこそこで、事件現場に着いた。

成瀬は、現場《げんじょう》が速水絵美の住む賃貸マンションの斜め前の家屋であることに驚いた。

被害者宅の前には、警察車や鑑識の車が何台も連なっている。

成瀬は路上に覆面パトカーを駐《と》め、里村家に急いだ。邸宅の前には、若い制服警官が立っていた。

成瀬は身分を明かして、里村宅に入った。

玄関ホールに面した広い居間には、機捜《きそう》や世田谷署刑事課の捜査員が七、八人いた。

成瀬は一礼して、居間に足を踏み入れた。

そのとたん、鼻腔《びこう》に甘い香水の匂いが寄せてきた。嗅《か》いだ覚えがあった。前夜、西麻布のダイニングバーで、速水絵美が漂わせていた香りだった。絵美が化粧室の行き帰りに匂わせていた香水と同じだ。シャネルだろう。

ただの偶然なのか。それとも、絵美は事件に関与しているのだろうか。

顔見知りの検視官が屈《かが》み込んで、被害者の全裸惨殺体を仔細《しさい》に観察していた。すでに鑑識作業は終わっている。
二十六、七歳の被害者は仰向《あおむ》けだった。喉を真一文字に切り裂かれ、傷口には銀色の十字架が突き立てられている。喉から首にかけて、凝固した血糊《ちのり》がこびりついていた。
「やあ、成瀬警部！」

テラスから、機動捜査隊員の真行寺久義《しんぎょうじひさよし》が走ってきた。成瀬と同《おな》い年で、職階も一緒だった。

「一連の事件《ヤマ》と手口は同じようだな？」

「ああ、間違いないよ」

「そう思ったんで、機捜と所轄にはいい顔されないことを承知でここに来てしまったんだ」

「長居しなければ、別に問題はないと思うよ。おたくは、代々木署の捜査本部に出張《でば》ってるわけだから」

「早目に退散するよ。凶器は見つかったのかな？」

「いや、まだ発見されてない。被害者《マルガイ》の外性器に精液が付着してたんだ。これまでの三件と同じく里村ますみという若妻はレイプされてから、西洋剃刀で喉を搔っ切られたんだろうね」

真行寺が言って、検視官に被害者の死亡推定時刻を訊いた。

「昨夜十一時半から、きょうの午前一時の間でしょう」

「口の中に体液は？」

「オーラル・セックスはされてないようですよ」

「それなら、これまでの一連の事件の犯人の仕業かもしれないな」

「そう考えてもいいでしょう」

検視官が答え、自分の仕事に専念しはじめた。

「犯人《リュウ》の遺留品は、いつものように二十六センチの足跡と体液だけなんだね？」

「いや、今回は遺体のそばに小さなプラスチックのキャップが落ちてた。鑑識係が持ち帰ったんだが、そいつは注射器の針キャップかもしれないと言ってたよ。注射器といっても、小さな昆虫採集用だろうとも洩らしたな」

「注射器か」

「何か思い当たることでもあるの？」

「いや、別に」

「そう。世田谷署にも捜査本部《チョウバ》が設置されるだろうから、捜一《そういち》の面々は四カ所に分かれて、知恵較《くら》べをやらされる形になるわけだ？」

「そうだね」

「真犯人《ホンボシ》を捕まえたら、警視総監賞ものだな。成瀬警部、頑張ってよ」

真行寺が離れ、所轄署の刑事に近づいていった。

成瀬は検視官に目礼し、居間から出た。玄関ホールの隅で、真行寺の部下が被害者の夫から事情聴取していた。

速水絵美が男物の靴を履いて犯行に及び、予《あらかじ》め用意してあったA型の精液を昆虫採集用の注射器を使い、被害者の体内に注いだ疑いが濃くなった。絵美の勤務先に出向いて、揺さぶりをかけてみるか。

成瀬は里村邸を出た。

ちょうどそのとき、斜め前のマンションから当の絵美が現われた。フレンチ・ブルドッグの仔犬を胸に抱え、右手に黒いナップザックを提《さ》げている。

絵美は成瀬には気づかなかった。自然な足取りで歩きはじめた。成瀬は物陰に身を潜《ひそ》めながら、絵美を追尾《ついび》しつづけた。

絵美は十五分ほど歩くと、池のある区立公園に入った。仔犬と戯《たわむ》れながら、遊歩道を進んでいく。

絵美は池の畔《ほとり》まで歩くと、さりげなく周《まわ》りを見た。

近くに人影はなかった。絵美は黒いナップザックを池の中に投げ落とすと、すぐさま歩み去った。

凶器の類《たぐい》を棄《す》てたのかもしれない。

成瀬は煙草を一本喫ってから、池の中に入った。池の底はぬかるんでいたが、水深は五、六十センチしかなかった。

手探りでナップザックを見つけ出し、すぐに池から上がる。ナップザックの中身は、ゾーリンゲンの西洋剃刀、男物の二十六センチの靴、昆虫採集用の注射器セットだった。

やはり、絵美が犯人にちがいない。

肩を撃たれた梶は痛い思いをした。だから、今回は彼に手柄を立てさせてやるべきだろう。

成瀬はハンカチで汚れた手を拭《ふ》くと、懐から刑事用携帯電話《ポリスモード》を掴み出した。

本書は二〇一四年十二月に廣済堂出版より刊行された『真相捜査　一匹刑事《デカ》』を改題し、大幅に加筆・修正しました。

本作品はフィクションであり、実在の個人・団体などとは一切関係がありません。

文芸社文庫

無頼警部

二〇一七年四月十五日　初版第一刷発行

著　者　南英男
発行者　瓜谷綱延
発行所　株式会社　文芸社
〒一六〇－〇〇二二
東京都新宿区新宿一－一〇－一
電話　〇三－五三六九－三〇六〇（代表）
〇三－五三六九－二二九九（販売）
印刷所　図書印刷株式会社
装幀者　三村淳

ISBN978-4-286-18568-2

［文芸社文庫　既刊本］

火の姫　茶々と信長
秋山香乃

兄・織田信長の命をうけ、浅井長政に嫁いだ於市は於茶々、於初、於江をもうけるが、やがて信長に滅ぼされる。於茶々たち親娘の命運は――？

火の姫　茶々と秀吉
秋山香乃

本能寺の変後、信長の家臣の羽柴秀吉が後継者となり、天下人となった。於市の死後、ひとり残された於茶々は、秀吉の側室に。後の淀殿であった。

火の姫　茶々と家康
秋山香乃

太閤死して、ひとり巨魁・徳川家康と対決する於茶々。母として女として政治家として、豊臣家を守り、火焔の大坂城で奮迅の戦いをつらぬく！

それからの三国志　上　烈風の巻
内田重久

稀代の軍師・孔明が五丈原で没したあと、三国志は新たなステージへ突入する。三国統一までのその後のヒーローたちを描いた感動の歴史大河！

それからの三国志　下　陽炎の巻
内田重久

孔明の遺志を継ぐ蜀の姜維と、魏を掌握する司馬一族の死闘の結末は？　覇権を握り三国を統一するのは誰なのか⁉　ファン必読の三国志完結編！

［文芸社文庫　既刊本］

蒼龍の星㊤　若き清盛
篠　綾子

三代と名づけられた平忠盛の子、後の清盛の出生の秘密と親子三代にわたる愛憎劇。やがて「北天の王」となる清盛の波瀾の十代を描く本格歴史浪漫。

蒼龍の星㊥　清盛の野望
篠　綾子

権謀術数渦巻く貴族社会で、平清盛は権力者への道を。鳥羽院をついで即位した後白河は崇徳上皇と対立。清盛は後白河側につき武士の第一人者に。

蒼龍の星㊦　覇王清盛
篠　綾子

平氏新王朝樹立を夢見た清盛だったが後白河との仲が決裂、東国では源頼朝が挙兵する。まったく新しい清盛像を描いた「蒼龍の星」三部作、完結。

全力で、1ミリ進もう。
中谷彰宏

「勇気がわいてくる70のコトバ」――過去から積み上げた「今」を生きるより、未来から逆算した「今」を生きよう。みるみる活力がでる中谷式発想術。

贅沢なキスをしよう。
中谷彰宏

「快感で生まれ変われる」具体例。節約型のエッチではなく、幸福な人と、エッチしよう。心を開くだけで、感じるような、ヒントが満載の必携書。